그렇게 나는 다시 삶을 선택했다

그렇게 나는 다시 삶을 선택했다

최지은 지음

끝나지 않을 것 같은 어두운 겨울밤을

가까스로 견디고 있는 당신에게,

빛과 봄을 가득 담아

1부

어느 날 아주 긴 밤이 찾아왔다

2부

바다가 보이는 방향으로 달리기

3부

그렇게 나는 다시 삶을 선택했다

1부

어느 날 아주 긴 밤이 찾아왔다

내가 희미해진 날

어느 가을 아침, 나는 1kg 더 희미해졌다. 가벼워진 느낌은 아니었다. 희미해진 느낌이었다. 아무리 굶어도 평생 55kg 이하로 떨어져본 적 없는 몸무게가 불쑥 54kg이 되어 있었다. 운동을 시작한 지 서너 달 정도 된 것 같은데, 탄수화물을 줄인 지 몇 주 정도 된 것 같은데, 잠을 더 많이 자기 시작했는데, 뚜렷한 효과가 있나 보다. 나는 신이 나서 운동 일정을 일주일에 세 번으로 늘렸고 더욱더 엄격한 식단을 따르기 시작했다. 다이어트에 동기부여가 돼서 그런지, 이상하게 음식이 별로 당기지 않았다. 끼니를 건너 뛰어도 배가 고프지 않았다. 체중 감량에 가속도가 붙기 시작했다. 엄청난 속도로 가벼워져갔다, 아니 희미해져갔다. 뭔들 어떤가. 이대로라면 평생 가져본 적 없는 몸무게를 찍을 텐데. 30대 중반에 이렇게 다이어트를 성공시키다니.

코로나 종식을 앞두고 전 세계는 들썩이고 있었다. 나 또한 드디어 이 섬을 벗어날 수 있다는 생각에 들썩였다. 서울만 한 열대의 작은 섬, 싱가포르에서 산 지 6년째였다. 열대의 꽃나무들이 가득하고, 무섭게 장대비가 왔다가 언제 그랬냐는 듯이 해가 번쩍 나고, 바다가 늘 반짝이는 이 나라를, 나는 집이라 부른 지 꽤 됐다. 하지만 코로나 2년을 열대의 섬에 갇혀서 보내는 것은 생각보다 어려운 일이었다. 섬의 한쪽 끝에서 다른 쪽 끝까지 차로 45분이면 갈 수 있는 거리를 나는 지난 2년의 시간 동안 쪼개고 또 쪼갰다. 더 이상 쪼갤 수 없는 세포 단위가 될 때까지 이 섬의 모든 구석들을 허기진 사람처럼 정복해갔다.

　계절의 변화가 전혀 없는 곳에서는 시간도 조금 다르게 간다. 우리의 기억은 계절에 의존하는 경우가 많다는 것을, 나는 이곳에 와서 깨달았다. '마지막으로 만나서 같이 저녁 먹었던 게 언제였지?'라고 누군가 물으면, 우리는 계절로 그 기억을 더듬는다. 밖은 추웠고, 나는 따뜻한 니트를 입고 있었고, 김이 나는 포슬포슬한 감자 수프를 나눠 먹었다. 작년 늦가을이었을 것이다. 영원히 여름인 이곳에서는, 우리가 저녁을 같이 먹은 것이 2월인지 7월인지 12월인지 기억이 희미하다. 그렇기 때문에 시간이 영원히 머물러 있다고 느껴지기도 한다.

그러나 그것이 얼마나 큰 착각인지 나는 머지않아 알게 된다.

코로나 종식은 다시 여행을 갈 수 있다는 것 이상의 의미였다. 우리는 다시 미래를 꿈꿀 수 있게 되었다. 다시 목표를 정할 수 있게 되었고, 계획을 세울 수 있게 되었고, 모험을 할 수 있게 되었다. 미래, 목표, 계획, 모험. 제법 근사한 단어들이다. 피곤하지만 익숙한 단어들이다. 중요한 가치들이다. 나를 다양한 나라로 이끌었고, 다양한 사람들을 만나게 해주었고, 때로는 남들이 보기에 피곤한 길을 걷게 했고, 결국에는 인간으로서 더 성장할 수 있게 해주었다.

학창 시절에 숫자와 담을 쌓고 살던 내가 금융 상품을 설계하는 일을 하게 될 줄 몰랐다. 한국에서 평범하게 회사를 다니던 내가 뉴욕에서 M&A 전문가로 성장하기 위해 고군분투하게 될 줄 몰랐다. 월스트리트에서 자리를 잡아가던 내가 그토록 원했던 인생을 박차고 뉴욕을 떠나 파키스탄,

미얀마, 방글라데시를 돌아다니며 맨땅에 헤딩을 하게 될 줄 몰랐다. 10년 넘게 몸담았던 금융 업계를 완전히 떠나 테크 업계에서 처음부터 다시 시작하게 될 줄 몰랐다. 타지에서 이렇게 오래 살게 될 줄 몰랐다. 나보다 속눈썹이 길고 다리가 가는 까무잡잡한 남자와 결혼하게 될 줄 몰랐다. 영원할 것 같았던 내가 죽게 될 줄 몰랐다. 적어도 서른일곱 살의 나는 전혀, 아무것도 알지 못했다.

30대에는 일시적인 평화가 있다. 20대의 끝없는 불안감과 40대의 무한한 책임감 사이, 결혼식 행렬과 장례식 행렬의 딱 중간 어딘가, 아무 소식도 들려오지 않는 평온한 일상이 잠시나마 존재한다. 하지만 생물학적으로 30대는 세포가 희미해지기 시작하는 나이다. 눈에는 보이지 않지만, 세포 단위의 노화가 시작되고 그 과정에서 가끔, 아주 가끔, 세포 하나가 평화를 깨기로 결정한다. 나를 배신하기로 결정한다. 한때 내 것이었던 세포들은 하나둘씩 등을 돌려 나를 죽이기로 결정한다. 우리는 세포들이 작당하고 보내는 희미한 균열의 신호들을 '노화'라는 개념으로 통친다. 한창 일할 나이에 다들 이 정도 피곤함은 느끼고, 이 정도 스트레스는 받고, 이 정도의 견딤은 필요한 거 아니겠는가. 건강을 염려할 필요가 없는 20대와 건강을 반강제적으로 챙기게 되는 40대 사이, 30대의 시간은 속수무책으로 흘러간다. 평화로운 사각지대에서 말이다.

이번에는 1도 더 희미해졌다. 원인 미상의 미열이 나를 집요하게 따라다녔다. 코로나가 거의 끝나가는 시점이었음에도 여전히 많은 곳에서 발열 체크를 했고, 그때마다 37도에서 37.5도 사이로 나왔다. 약을 먹어야 할 정도는 아니지만 36.5도와는 분명한 차이가 있는 묘한 온도였다. 감기 증상을 동반하지 않은 미열은 나를 계속해서 따라다녔다. 열이 나면서 골반이 뻐근하게 느껴지는 날들도 있었다. 병원을 가야 할 정도는 아니지만 미세하게 시린 느낌이었다. 큰문제는 아닐 것이다. 산부인과 정밀검진을 불과 1년 반 전에 받았고 건강검진도 코로나 전에 받았기 때문에 그리 오래되지는 않았다. 생리도 날짜에 맞춰서 칼같이 하고 있는데, 여성 건강의 제일 중요한 척도 아니었나?

내 인생의 한 축은 급속도로 희미해지고 있었지만 다른한 축은 급속도로 뚜렷해지고 있었다. 새로운 부서를 맡은

지 1년이 되는 시점에 받은 성적표는 매우 좋았다. 실적도 꼴찌고 분위기도 바닥이었던 부서를 맡은 것은 큰 모험이었다. 잘하고 싶었다. 팀원들과 밤낮없이 즐겁게 일한 결과 우리는 최약체에서 최강 팀으로 변해 있었다. 나를 찾는 사람이 점점 많아졌고, 중요한 프로젝트에 의사 결정권자로 들어가는 일이 많아졌다. 인정받아 승진도 여러 번 했고 회사 내 많은 리더들의 도움을 받게 되었다. 그러다가 런던과 미국에 있는 부서들에서 이동 제의가 들어왔고, 진지하게 고려하는 중이었다. 지금처럼만 한다면 1년 안에 임원이 될 수 있을 것이라는 이야기들을 듣기 시작했다. 손만 뻗으면 가질 수 있는 세상이 뚜렷하게 실존했다.

체력만 조금 따라준다면 말이다. 체중이 줄어드는 것과 다르게 몸은 더 무거워졌다. 체온이 올라가는 것과 다르게 몸은 더 차가워졌다. 가을에 55kg이었던 나는 겨울에 50kg이 되어 있었고, 열대의 더운 바람조차 차갑게 느껴지기 시작했다. 무언가 잘못됐음을 처음 인지한 사람은 서울에 있는 엄마였다. 나는 자식이 없고 앞으로도 엄마가 될 일은 없기 때문에 영원히 모르겠지만, 엄마들은 자식에 대한 기가 막힌 촉이 있다. 자식을 하나의 학문으로서 장시간 연구하고 실험하면서 얻게 되는 감이 있다. 주말에 카페에서 남편과 같이 찍은 사진을 가족 톡방에 전송했다. 살도 많이 빠지고 관리도 열심히 한 나에게 엄마는 칭찬은커녕, 걱정 섞인 잔소리를 늘어놓았다. 얼굴이 별로 좋아 보이지가 않는다, 밥은 잘 챙겨 먹고 다니는 게 맞냐, 일도 좋지만 쉬엄쉬엄해라.

잔소리를 듣고 매주 토요일에 하는 필라테스 강습을 갔다. 평소보다 컨디션이 확실히 별로였지만 해오던 운동이니 무리 없이 따라 하고 있었다. 동작을 바꾸는 순간 갑자기 머리에 산소 공급이 뚝 끊기는 것 같은 느낌이 들었다. 나는 균형감각을 잃고 필라테스 기구에서 우당탕 떨어져나갔다. 강사와 수강생들 모두 놀라 괜찮은지 물었다. 아프고 창피해서 나는 피곤해서 그런 것 같다고 밖에 나가서 쉬고 있겠다고 했다. 물을 몇 모금 마시고 대기실 소파에 앉았다. 심장은 진정되지 않고 점점 더 빠르게 뛰었다. 몸뚱이가 더 이상 버틸 수 없다고 절규하는 것 같았지만, 그 조차도 확실하지 않았다.

오랜 기간 조금씩 문제가 쌓이다 보면 시작점이 어디였는지, 정상적인 상태가 어떤 것이었는지 기억이 희미해진다.

산소가 조금씩 줄어드는 어항에서 자기도 모르게 서서히 죽어가는 물고기처럼, 숨이 차기 시작하고 점점 나른해진다. 어딘가 특별히 아프지는 않지만 매일 조금씩 누군가 지우개로 내 경계선을 쓱쓱 지워가는 느낌이었다. 이렇게 다 지워지면 그 끝은 어떻게 될지 불안해지기 시작했다. 허리와 골반의 시린 통증이 점차 심해졌다. 불과 몇 주 사이에 얼마나 심해졌는지, 30도가 넘는 불볕더위의 여름 나라에서 전기장판을 켜지 않으면 잠들 수 없을 정도가 되었다.

그럼에도 불구하고 괜찮다고 우기는 나를 병원에 끌고 간 것은 결국 남편이었다. 많은 부부들이 이런 가상의 상황에 대해 농담처럼 물어보곤 한다. "여보, 만약에 내가 죽을병에 걸리면 당신은 어떻게 할 거야?" 남편과 나도 병원으로 이동하는 택시 안에서 이 시답잖은 말을 주고받으며 웃었다. 남편이 죽으면 나는 이탈리아 같은 곳으로 가서 잘생긴 연하남을 만나서 살 것이고, 내가 죽으면 남편은 자기 나라 인도로 돌아가 승려가 될 것이라고 했던 것 같다. 병원에 도착하면서 우리의 '내가-죽으면-당신은' 놀이는 끝나버렸다.

정확히 어디가 아픈지 설명할 수는 없지만 가장 분명한 것은 하복부의 이상한 느낌이었기 때문에 우리는 산부인과를 갔다. 조금 기다려 의사를 만날 수 있었다. 나는 의사에게 증상을 설명했고 의사는 검진을 시작했다. 산부인과 검진은 그 불편함에 있어서는 치과 검진과 어깨를 나란히 하지만 3분을 넘기지는 않기 때문에 참을 만하다. 하지만 이번만큼은 달랐다. 검진하던 의사는 무엇인가 만져진다고 하면서 표정이 굳었다. 굳은 표정과 달리 손은 이리저리 움직이며 만진 곳이 아픈지 계속해서 물어왔다. 끈끈하고 뜨거운 피가 뚝뚝 떨어지는 것이 느껴졌다. 정신이 희미해져갔다. 의사는 급하게 조직검사를 해야겠다고 간호사에게 속삭였고 종이 위에 시뻘건 URGENT(긴급) 도장을 쿵 하고 찍었다. 어떤 문제냐고 묻는 나에게 의사는 아직 정확히 모르겠다며, 검사 결과가 나오면 바로 전화주겠다고 했다. 남편은 내 앞에서 걱정하는 내색을 하지 않으려 노력했지만, 그의 침묵에서는 묵직한 긴장감이 느껴졌다.

남편과는 다르게 나는 이때까지만 해도 아주 심각한 일일 것이라고 생각하지 않았다, 아니 안 하고 싶었다. 나는 건강한 사람이었다. 운동도 자주 했고, 식습관에도 늘 신경을 썼고, 검진도 자주 받았고, 병원 신세를 진 적은 단 한 번도 없었고, 가족들 중 아픈 사람도 없었다. 나처럼 자기 관리를 하는 사람에게 건강 문제가 생길 리가 없었다. 열심히 산 사람에게 나쁜 일이 생길 수는 없었다. 이유 없는 불운은 있을 수 없었다. 적어도 내가 알고 있는 세상의 이치는 그렇게 돌아가는 것이 아니었다.

남편은 나에게 휴가를 내고 집에서 쉬라고 했으나 난 회사로 돌아왔다. 더욱더 뚜렷해져야 했다. 희미해지지 말아야 했다. 저항해야 했다. 할 일이 많았다. 다음 분기 사업 계획서도 제출해야 했고, 팀원들의 성과 평가도 진행해야 했고, 다른 부서들과 조율해야 하는 일들이 산더미였다. 저녁까지 일하다가 내일 미팅 일정들을 확인하고, 준비하고, 퇴근했다. 사람들에게 '내일 봅시다!'라는 인사를 하고 나온 그날을 마지막으로 1년 동안 회사에 돌아가지 못했다. 다음 날 출근하기 위해 집을 나서기 직전, 의사로부터 전화가 왔기 때문이다.

"Sorry to be the bearer of bad news but your life is about

to change."

(나쁜 소식을 전하게 돼서 미안합니다. 당신 인생은 앞으로 큰 변화를 맞이할 것입니다.)

내가 알던 세상은 그렇게 흔적도 없이 지워져버렸다.

불빛

남편과 나는 인도의 작지만 아름다운 고성에서 결혼식을 올렸다. 거리의 모든 집들이 핑크빛으로 칠해져 있는 역사 깊은 도시 자이푸르에서 우리는 영원을 약속했다. 남편은 코끼리를 타고 마을 입구부터 성 꼭대기까지 올라왔고 나는 비즈로 반짝이는 연분홍색 드레스를 입고 머리에 장미꽃을 한가득 꽂고 그를 맞이했다.

인도의 결혼 서약은 커다란 모닥불 앞에서 이루어진다. 우리는 서로의 옷 끝으로 단단한 매듭을 만들어 서로를 연결했다. 그리고 그 불을 가운데에 두고 일곱 바퀴를 함께 천천히 돌았다. 첫 번째는 풍요를 상징한다. 남편이 너무 빨리 걷는다. 두 번째는 충성을 상징한다. 같이 걷는 속도를 맞춘다. 세 번째는 재산의 번영을 상징한다. 남편이 내 드레스를 밟아서 노려본다. 네 번째는 자손을 상징한다. 몇 바퀴째 걷고 있었더라? 다섯 번째와 여섯 번째는 건강과 장수를 상징한다. 이 남자를 처음 만났던 10년 전 그날을 기억한다. 마지막 바퀴는 평생의 우정과 단합을 상징한다.

우리는 처음 시작했던 그곳에서 걸음을 멈췄다. 얼굴 한쪽으로는 차가운 저녁 공기가 느껴졌고 동시에 반대쪽으로는 따스한 모닥불이 느껴졌다. 그 시원함과 따스함이 만나 꽤 아늑한 온도가 되었다. 살아 있는 나무의 냄새와 죽은 장작의 냄새가 공존했다. 하늘의 절반은 파란빛이었고 절반은 주황빛이었다. 그 두 색이 만나 환상적인 빛깔로 하늘을 칠하고 있었다. 서로 다른 곳에서 태어나고 자란 우리가 수많은 확률을 뚫고 이곳에 서 있다. 우리는 어떤 온도와 어떤 빛을 만들어낼까. 타오르는 불빛을 함께 바라보았다.

어두운 차트 위의 불빛은 환하게 빛나고 있었다. 그 불빛은 내 자궁을 환하게 덮고 있었다. 전신 스캔 검사 결과가 나왔고, 이 결과지에서는 무언가 밝게 빛날수록 안 좋은 거란다. 어두운 산부인과 진료실에서 새카매진 우리 앞에, 불빛은 환하고 영롱하게 타오르고 있었다. 환한 그 불빛 덩어리 양옆으로 작은 불빛들이 더 보였다. 하나가 아니었다. 누군가의 스캔 결과지라고 말해주지 않는다면 꽤 그럴싸한 시각

예술이라 해도 믿을 것 같다. 아름다운 것도 같다.

　진료실의 형광등이 환하게 켜지고 정신이 돌아왔다. 커다란 불빛 덩어리는 자궁 경부에 있는 암이고 양옆에 있는 것은 림프절에 있는 암이었다. 조직검사 결과, '스퀘이머스 셀 카르시노마'란다. 영어인지 라틴어인지 모를 이 단어는 꼭 멸종된 고대 생물 이름 같았다. 자연사 박물관에 가면 박제되어 있을 것 같은 선사시대 짐승의 이름. 왠지 뾰족한 이가 위아래로 가득 박혀 있을 것 같고 독버섯같이 화려한 색일 것 같다. 조직검사로 암의 분화도도 알게 되었다. 암도 나쁜 암이 있고 더 나쁜 암이 있고 최악의 패륜 말종 같은 암이 있는 모양이었다. 누가 알았겠는가. 내 암은 가장 최악의 분화도였다. 의사는 자궁경부암 3기로 보이지만 림프절까지 전이된 것으로 보아, 눈에 보이지는 않지만 4기일 가능성이 있고, 분화도도 최악이기 때문에 예후가 좋지 않을 거라고 했다. 18개월 전 검진에는 발견되지 않았으니 공격성이 엄청난 것으로 보이고. 더 이상 소리가 들리지 않았다. 아름답던 그 불빛만이 눈 앞에 아른거렸다. 물기 없는 건조한 눈 위로 타올랐다. 아직은 울 때가 아닌가 보다.

산부인과 의사는 본인이 해줄 수 있는 것은 여기까지고, 이제부터는 oncology(종양내과) 진료를 받아야 한다며 병원을 몇 군데 소개해주었다. 더 이상 할 얘기가 없다는 걸 알면서도 그 방을 떠나고 싶지 않았다. 그 방을 떠나는 순간 멀쩡한 몸에 암이 생긴 게 진짜가 돼버리는 것이었다. 나는 아무 말 없이 의자에 오래 앉아 있었다. 의사도 그런 내 심정을 어느 정도 눈치챘는지, 서두를 필요는 없다고 따뜻하게 말해주었다.

남편과 나는 겨우 그 방에서 나와 수납을 기다렸다. 병원의 무자비하게 밝은 불빛 아래에서 우린 아무 말도 하지 않았다. 산부인과에는 많은 부부들이 대기하고 있었다. 여자들은 풍선만 한 배를 보드랍게 쓰다듬었고 남자들은 그 모습을 사랑스럽게 바라보았다. 그들의 눈에는 희망이 가득했다. 내 부끄럽고 흉한 자궁에는 종양 덩어리가 자리 잡고 있었지만 그들의 따뜻한 자궁에는 미래가 자라고 있었다. 그 중에는 나에게도 각별한 미래가 하나 있었다. 곧 태어날 내 조카다. 병원을 나서자 캘리포니아에 사는 동생에게 메시지가 왔다. 며칠 후에 유도 분만으로 출산 예정이고, 방금 병원에 입원 수속을 마쳤다는 이야기를 전해왔다. 우리 가족은 집안의 첫 아기 탄생에 들떠 있었다. 우리는 아기가 어떻게 생겼을지, 우리가 지어준 이름을 좋아할지, 커서 어떤 아이가 될지 먼 미래를 그리며 즐거워했다. 그 미래에 내가 없을지도 모른다는 생각은 해본 적이 없었다. 조카가 세상에 무사히 나오기까지 가족 누구에게도 내 이야기를 하지 않기로 결심했다.

집에 오자마자 침대에 쓰러졌다. 울어야 할 것 같은데 몸은 그 방법을 완전히 잊은 듯 굴었다. 목젖이 아파오는 게 먼저였는지, 두피가 당겨지는 느낌이 먼저였는지 기억이 안 난다. 아직은 울 때가 아닌가 보다. 건조한 눈을 감자, 평생 잠을 자지 못한 불면증 환자처럼 지독한 피로가 몰려왔다. 에어컨 바람을 맞으며 자고 싶지 않아서 오랜만에 선풍기를 켰다. 선풍기를 켜고 잔 적은 없는 것 같은데 이러면 혹시 죽지 않을까 하는 생각도 들었다. 암에 걸려서 죽게 생긴 사람이 선풍기를 켜고 자서 죽을까 봐 걱정을 하는 꼴이라니, 내 상황을 받아들이는 데에 한참의 시간이 걸리리라는 것을 직감했다.

내가 선풍기 죽음을 걱정하고 있는 사이, 남편은 여기저기 전화를 돌리고 있었다. 남편 친구들까지 모두 동원되어 몇 시간 내에 싱가포르에 있는 거의 모든 암 전문의들에게 연락을 했다. 남편은 보험사에도 부지런히 이메일을 보냈다. 그리고 많은 사람들에게 다양한 도움을 요청했다. 앞으로 꽤 오랜 시간 동안 나는 종종 삶의 의지를 포기할 것이다. 그리고 그때마다 나를 살리겠다는 이 사람의 집념이 나를 구원해줄 것이다. 물론 이때의 나는 전혀 감이 없다. 그저 잠 좀 자고 싶은데 시끄럽게 통화하는 것이 짜증 날 뿐이다.

다음 날부터 우리는 수많은 의사들을 만나고 다녔다. 전문의를 정하고 치료 계획을 확정하는 것이 목표였다. 치료와 관련된 대화들을 통해 희망을 확인하고 싶었던 바람과는 다르게 의사들을 만나면 만날수록 우리는 빛을 잃어갔다. 빌어먹을 병을 알게 된 순간까지의 모든 과정을 몇 번씩이나 설명해야 했고 빌어먹을 스캔 결과지를 매번 봐야 했다. 결과지의 밝은 불빛은 볼 때마다 더 환해지는 것 같았다. 의사들은 각자 다른 방법으로 절망을 안겨줬다.

앤서니 파우치 박사의 커다란 사진을 벽에 걸어놓은 미국인 의사는 불길한 우하향 그래프들이 잔뜩 그려져 있는 논문들을 보여주며 심각한 상황이라는 말을 반복했던 것 같다. 책상에 커다란 십자가와 성모상이 놓여 있던 백발의 싱가포르인 의사는 느닷없이 내 손을 꼭 잡으며 힘내라고 위로했지만, 전혀 위로가 되지 않았다. 맨발로 진료를 보던 젊은 의사는 수술, 방사선, 항암을 패스트푸드점 메뉴판처럼 다양한 세트 조합으로 소개했다. 의사들의 소견은 비슷했다. 치료가 잘되기 힘든 조건이고 어쩌다 잘되더라도 장기 생존 확률은 50퍼센트 정도라고. 참 성의 없는 확률이다. 이것도 되고 저것도 된단다. 살 수도 있고 죽을 수도 있단다. 하지만 어느 쪽으로 축이 기울지는 아무도 모른단다. 무책임한 확률이다. 그래도 아직은 울 때가 아닌가 보다. 눈은 찢어질 것 같은 건조함으로 저항했다.

그렇게 지쳐갈 때쯤 Curie Oncology라고 쓰여 있는 곳을 우연히 지나가게 되었다. 딱 봐도 마리 퀴리로 보이는 여자의 그림이 문 앞에 붙어 있었다. 노벨상을 수상한 최초의 여성 과학자. 그녀에 대해 학창 시절에 글을 쓴 적이 있었다. 간판 밑에는 아주 작게 'Spring will come'이라고 적혀 있었다. 봄을 찾아 무작정 문을 열고 들어갔다. 종양내과 전문의는 존이라는 50대 싱가포르 의사였다. 그는 치료 계획에 대해 설명하다가 대화 중간에 생존율이나 부작용 같은 어려운 주제가 나올 때마다 마스크를 아래로 살짝 내려서 얼굴을 보며 이야기를 해주었다. 최신 임상 실험 결과에 대해서 이야기할 때는 눈이 반짝였다. 종말이 오고 있다고 여러 증거를 제시하며 소리치지만 아무도 믿어주지 않는 종말 영화의 미치광이 과학자 같은 느낌도 났다. 무미건조한 많은 항암 병동들과는 다르게 그의 병원 벽에는 미술 작품들이 걸려 있었다. 마리 퀴리에 대한 기억 때문이었는지, 힘든 주제는 얼굴을 보며 이야기하는 그의 방식 때문이었는지, 미술 작품들 때문이었는지는 모르겠지만 나는 이곳에서 치료받고 싶었다.

암에 걸리면 다들 명의를 찾아가려고 하지만 암 치료는 종류와 기수에 따라 상당히 정형화되어 있다. 그렇기 때문에 나와 커뮤니케이션 스타일이 맞는 사람을 선택하는 것이 가장 중요하다. 암같이 치료와 예후가 너무나 불분명한 질병 앞에서 의사는 나를 치료해주는 사람이기도 하지만 앞으로 나에게 나쁜 소식을 끝도 없이 전할 사람이기도 하기 때문이다. 존이 앞으로 전하게 될 수많은 불행한 소식들을, 나는 아직 알지 못한다. 희망을 원하는지 진실을 원하는지 수도 없이 선택해야 할 것이라는 사실을, 나는 아직 알지 못한다.

방사선 치료 준비를 하기 위해 존은 나를 방사선과로 보냈다. 방사선과로 들어가는 입구는 외부와 철저히 단절되어 있었다. 두꺼운 콘크리트 벽들을 몇 번이나 지났다. 벽을 지날때마다 'Danger', 'Radioactive' 등 위험하다는 표시들이 노랑색, 주황색, 빨간색으로 덕지덕지 붙어 있었다. 방사선 치료 중의 움직임을 방지하기 위해 내 몸의 형체를 본뜬 틀을 만들어야 했다. 어둡고 추운 방사선 진료실의 스테인리스 침대 위에 눕자 천장의 뽀얀 불빛 외에는 아무것도 보이지 않았다. 오로지 그 불빛에만 집중하기로 한다. 어디선가 고무장갑을 낀 수 많은 손들이 나타나서 내 몸을 왼쪽으로 들었다가 오른쪽으로 들었다가 다시 내려놓는다. 의료진들은 분주하게 내 몸에 맞는 틀을 제작했다. 앞으로 방사선 치료를 받을 때마다 이 맞춤 틀에 누워야 한다. 그리고 이미 죽은 것처럼 움직이지 말아야 한다. 의료진이 우르르 나가고 방에 나 혼자 남았다. 틀 밖으로 움직이면 안 된다고 마이크로 누군가 얘기했다. 어차피 갈 곳도 없고 움직일 힘도 없는데. 뽀얀 불빛이 꺼지면서 완전한 암흑이 덮쳐왔다. 틀에 갇힌 내 몸은 커다란 원통 안으로 이동했고 갑자기 어디선가 초록색 레이저 불빛들이 나와서 내 몸을 현란하게 관통했다.

내 삶이 꺼져가던 그 순간, 지구 반대편에서는 내 조카가 삶의 의지를 가득 안고 세상 밖으로 불꽃처럼 나왔다. 축복과 저주가 지저분하게 얽히고설킨 이곳으로, 불빛을 찾아서 나왔다. 눈가에 물줄기를 가득 머금고, 가녀린 짐승의 소리를 내며, 처음으로 목 놓아 힘껏 울었다. 그녀도, 나도. 드디어 울었다.

열다섯 명

죽을병에 걸리자 해야 할 일들이 쏟아지기 시작했다. 싱가포르에 있는 모든 병원들에 전화를 걸어서 암 전문의들에게 긴급으로 대기를 걸었다. 평생 읽어볼 일이 없었다고 생각했던 스무 장짜리 보험 약관을 한 줄 한 줄 읽었고 보험사 직원과 열애하듯 밤낮으로 통화를 해댔다. 장기 휴직계를 회사에서 제출하기 위해 필요한 수십 가지 서류를 수집했다. 그 와중에 밥은 먹어야 했고, 쌓인 쓰레기는 버려야 했고, 필요한 생활용품들은 나가서 사와야 했다. 치료에 대비하기 위한 자질구레한 준비들도 해야 했다. 오랜 시간 침대 옆에 두고 썼지만 모서리가 뾰족해서 잠결에 침대 밖으로 나오다가 늘 부딪히는 스탠드도 드디어 갖다 버렸다. 기운이 없어지면 할 수 없는 일들을 당장 해야 했다. 한 번도 존재하지 않았던 것처럼 사라져버리고 싶은 내 심정과는 전혀 상관없이, 내가 해야 할 '잡무'는 이곳 열대우림의 새파란 이파리들처럼 계속해서 우글우글 자라났다.

　뭐, 잡일에 쌓여서 바쁘다는 것은 사실 핑계였다. 가장 중
요한 일을 하지 않고 미루기 위한 확실하고 스스로 위안이
되는 그럴싸한 핑계. 그 중요한 과업은, 바로 내 소식을 누
구한테까지 전할지 결정하는 것이었다. 판정 후 처음 며칠
간은 가족 외에 그 누구에도 말을 할 엄두조차 안 났다. 병
에 걸렸다는 고백은 먼 나라의 들어본 적 없는 외국어를 빌
려 전달해야 할 것만 같았다. 적어도 내가 사는 이 세계에서
는 일어날 수 없는 일이고 머나먼 세계에서나 일어날 법한
일이었기 때문이다. 내가 모르는 언어로 내 상황을 표현하
는 것이 너무나 이질적이었다. 사실상 불가능했다. 무엇보다
입 밖으로 내는 순간, 병이 진짜가 될 것만 같았다. 입 밖으
로 소식을 전하는 순간, 원론적으로만 존재했던 내 병이, 내
몸에 시커멓게 또아리를 틀면서 내장을 간지럽힐 것만 같았
다. 소리를 내어 말하는 순간, 그 지옥이 드디어 실존하게 될
것만 같았다. 그래서 입을 열기까지는 시간이 좀 걸렸다. 메
모장에 적었다가, 지웠다가, 잠시 울었다가, 진정했다가, 다
시 써 내려가기를 반복했다. 그 과정을 겪으며 드디어 입 밖

으로 소리 낼 수 있게 되었다.

다음 관문은 누구에게 소식을 알릴지 결정하는 일이었다. 몹쓸 병에 걸리면 수많은 의사결정 앞에 놓이게 되는데, 그중 가장 처음으로, 반강제적으로, 필연적으로 해야 하는 것이 바로 인간관계의 범위 설정이다. 내가 직접 소식을 전하는 상대방은 단순한 뉴스 청취자가 아니다. 그들은 좋든 싫든 내 고행을 함께하게 된다. 검사 결과가 나올 때마다 같이 마음을 졸일 것이며, 연락이 안 되면 걱정할 것이고, 중요한 순간들을 공유할 것이고, 내 마음의 소리를 가장 가까이에서 듣게 될 것이다. 그렇기 때문에 함부로 널리 알리고 싶지 않았다. 이 과정을 함께한다는 것은 상상 이상으로 엄청나게 괴로운 일이기 때문이다. 우리 모두의 바람과 다르게 해피엔딩이 아닐 수 있으니까. 단순히 내가 특별하게 생각하는 사람이라고 함부로 초청장을 내밀 수는 없었다. 누군가의 종말에 초대되는 것은 각별한 의미이다. 그가 나에게 의미가 있듯이 나도 그에게 의미 있는 사람이어야 했다. 그런 사람이 내 인간관계에서 몇 명이나 있는지, 우리는 그 숙제를 마지막에 가서야 꾸역꾸역하기 시작한다. 그렇게 리스트를 작성했다. 내가 이 소식을 직접 전할 전 세계에 몇 안 되는 사람들.

가장 먼저, 대학원 동창 S에게 전화를 걸었다. 내가 며칠 전 병원에 검사를 받으러 간 후 연락이 두절되어 걱정스러운 문자가 잔뜩 와 있던 상황이었다. "언니 도대체 무슨 일이야!! 왜 연락이 안 되는데!!" 미리 써놓은 대본에 초반 스몰톡은 없었다. "어 그래, 너 지금 뭐 하고 있어?" 물어보니 운전하고 있단다. 상대방이 운전하고 있을 거란 것도 계산 못했기에 여기서부터 당황이 시작됐다. 내가 횡설수설하자 S는 목적지에 도착하면 다시 바로 전화하겠다며 일단 끊었다.

한국에 있는 20년지기 대학 동창 D에게 전화를 걸었다. 혹시 운전 중이냐, 휴가 중이냐, 일하는 중이냐, 어디 앉아서 들어라 등 이상한 질문들을 해대자 그녀는 무슨 일이냐며 당황했다. 20년간 서로 별꼴을 다 본 사이임에도 불구하고 이 이야기를 전하는 것은 너무나 무서운 일이었다. 마치 내가 아닌 제삼자의 이야기처럼 스스로를 세뇌해야 말을 할 수 있었다. 나는 써놓은 대본을 읽어나갔다. 생존, 항암, 아픔 같은 이질적인 단어들이 입 밖으로 나올 때마다 몸 어딘가가 조금씩 무너지는 것 같았다. 묵직하고 강인한 내 친구 D는 그런 상황을 이해했는지 조용히 듣더니 한마디를 했다. "우리 치료 잘 받아보자." 여러 갈래로 흩어지는 수많은 질문들보다 방향을 모아주는 이 한마디가 나를 녹였다. 우리는 전화를 끊고 각자의 장소에서 흐느껴 울었다. 친구 S가 다시 전화를 해왔고, 나는 이제 있는 그대로 다 얘기할 준비가 되어 있었다. 그렇게 온종일 리스트에 있는 사람들에게 전화를 걸었고, 눈물을 게워냈고, 비워진 감정의 무게만큼 다음 전화는 조금 더 가벼워져갔다.

리스트의 끝에 다다를수록 그 선을 어디에서 그어야 할지 더 어려워졌다. 무 자르듯 할 수 있는 일이 아니었다. 모든 사람이 그렇듯 인간관계는 나에게도 늘 어려운 주제였다. 가벼운 인간관계에서 오는 허망함과 무거운 인간관계에서 오는 엄청난 중력 사이에서 아늑하게 오래 머무를 만한 위치를 찾기란 여간 어렵지 않다. 그런 기대치는 사실 오래전에 버렸다. 어려서부터 나라를 많이 옮겨 다니고 학교도 많이 옮겨 다녔다. 성인이 되어서도 나라 간 이동이 많았다. 그렇기 때문에 나는 진득한 인간관계에 대한 기대가 없는 편이다. 괜찮다, 어차피 새로운 인간관계들이 또 어디선가 나타나기 때문이다. 까다로워선 안 된다. 경영을 공부하고 회사를 오래 다닌 나 같은 사람들은 인간관계에 대해 비슷한 주입식 교육을 받는다고 생각한다. 인간관계가 무언지 잘은 모르겠지만 시기적절하게 기름칠을 해주면서 잘 굴러가게 '관리'해야 하는 유기적인 기계 같은 것이다, 라고.

리스트의 끝에 다다르면서 그 기름칠을 벗기는 작업을 해야 했다. 그러면서 재밌는 모순점들을 발견했다. 같이 수많은 시간을 보냈고 내 결혼식까지 와서 자리를 빛내주었지만 알리고 싶지 않은 사람이 있는 반면, 회사 복도에서 5분 정도 마주칠 때마다 진심으로 안부를 주고받던 사람에게는 내 소식을 간절히 알리고 싶기도 했다. 왜 그런 생각이 들었는지는 지금도 잘 모르겠다. 모든 상황이 좋을 때 같이 최고의 시너지를 낼 수 있는 관계가 있고, 세상이 무너질 때 지푸라기를 같이 내어주는 관계가 있고, 또 그 두 지점 사이에 무수히 많은 스펙트럼의 관계들이 있다. 어떤 관계가 어느 지점에 있는지, 죽음 앞에 다가가면 관계의 명도가 본능적으로 보이기 시작하고 분명해진다. 인간관계들에 대한 내 진짜 속마음을 알 수 있게 되었다.

그렇게 전 세계 다양한 국가에 흩어져 있는 열다섯 명의 소수정예 클럽이 결성되었다. 37년의 세월을 살아온 내 삶의 가장 중요한 순간에 내가 선택한 열다섯 명. 이 작업을 해낸 나 자신이 꽤 자랑스러웠고 이들을 인스타그램에 가까운 지인으로 등록한 후에는 왠지 쿨하고 비밀스러운 클럽이 결성된 것 같은 느낌마저 들었다. 열다섯 명의 든든한 내 사람들이 있다고 생각하니 왠지 생각보다 인생을 잘 산 것도 같았다. 해리 포터의 불사조 기사단 같은 느낌이랄까.

불행한 소식은 마른 들판의 불처럼 번지기에, 내가 크게 아프다는 소식은 삽시간에 내 세계에 퍼졌다. 내가 선택한 열다섯 명 외에도 수많은 사람들에게서 안부 메시지가 쏟아졌다. 심지어 평소에 나와 사이가 별로 좋지 않았던 사람들까지도 발 벗고 도와주겠다는 적극적인 메시지들을 보내왔고, 평소에 서로 관심 갖고 살지 않았던 사람들까지도 도울 일이 없냐고 연락해 왔다. 형식상 하는 얘기더라도 감사한 것은 맞다.

하지만 수많은 사람들과 안부를 주고받으며 나의 열다섯 명이 왜 선택되었는지 조금 분명해졌다. 힘든 상황에 놓여 있는 사람을 동정하는 건 사실 가장 쉬운 일이다. 힘든 사람을 도우며 그래도 내 상황이 낫지 않나, 삶에 대해 없던 감사한 마음도 솟아나고 그 사람을 돕고 있는 내 모습에 자아도 취 하기도 한다. 바닥에 있는 사람에게 손을 내미는 것은 인간관계에서 가장 쉬운 일이다. 오히려 가장 어려운 일은, 상대방이 바닥이 아닌 정상에 있을 때 진심으로 내 일처럼 축복해주는 것이다. 내가 바닥에 있을 때 손을 내밀어줬던 수많은 사람들 중, 내가 선택한 열다섯 명은 분명 내 인생의 정점에서 진심으로 함께 춤을 추던 사람들이다.

이제 음악은 멈췄고 당분간 춤을 출 일은 없다. 한 치 앞도 보이지 않는 부분들이 여전히 많았지만, 그 어느 때보다도 분명하게 보이는 것들도 있었다. 인간관계라는 지긋지긋한 숙제에서 해방되었다. 나에게 중요한 사람들이 누구인지, 그 얼굴들이 선명하게 떠올랐다. 이들을 슬프게 하고 싶지 않다. 다시 함께 춤출 일은 없더라도, 최소한 내 몫의 노력은 끝까지 해야겠다. 그것이 이들에 대한 도리이고 이들과의 관계를 비로소 완성하는 것이다. 질 때는 지더라도 이들을 봐서라도 싸워봐야겠다. 몸속에 따스한 무언가가 작지만 또렷하게 자리를 잡았다.

엄마의 김밥

나는 학교 소풍이 참 싫었다. 엄마의 김밥이 싫었기 때문이다. 일단 엄마의 김밥은 너무 못생겼다. 크기도 제각각이고 재료도 너무 많거나 너무 적었다. 절반은 항상 터져 있었고 나머지 절반은 당장이라도 터질 것 같아 재빨리 입에 넣어야 했다. 못생긴 김밥을 싸 와서 놀림당하느니 누군가 보기 전에 빨리 처리하는 편이 나았다. 색깔 조합도 어딘가 참 이상했다. 친구 엄마가 싸준 김밥을 보면 샛노란 계란지단, 선명한 분홍색 게맛살, 밝고 따뜻한 오렌지색 당근이 화면을 꽉 채운 컬러티비 느낌이던데 내 김밥은 흑백 무성영화 같은 느낌이었다. 엄마의 김밥은 맛도 별로 없었다. 김이 눅눅해져서 물기를 가득 머금고 밥에 덕지덕지 붙어서 비린내를 풀풀 풍기는 날도 허다했다. 어떤 날은 참기름 칠을 까먹었는지 김이 너무 빳빳해서 밥에 제대로 붙어 있지도 못했다. 시금치는 간이 하나도 안 되었지만, 절인 오이는 반대로 너무 짰다. 초등학교 사생대회 때, 엄마의 엉망인 김밥이 너무 부끄러워서 엄마가 싸준 건 숨기고 동네 김밥집에서 새로 사서 갔다. 하지만 내가 맛없다고 불평해도 엄마는 포기하지 않았다. 김밥을 싸야 하는 날이면 늘 새벽같이 일어나서 부엌을 뒤집어놓았다. 이번에는 맛있을 거라고, 다음에는 더 맛있을 거라고, 언젠가 제일 맛있는 김밥을 만들어줄 것이라고.

내가 중학교를 올라갔어도, 엄마의 김밥 실력은 별로 나아지지 않았다. 아빠의 일 때문에 나는 중학교 1학년과 2학년 시절을 유럽의 작은 나라 룩셈부르크에서 보냈다. 이제 막 사춘기에 접어들어 한창 예민하고 소녀 감성 충만했던 나는, 몇 안 되는 동양인으로서 하루아침에 룩셈부르크 학교에 적응하는 것이 너무 힘들었다. 또래 집단과 어울리기 위해서는 영어도 잘해야 했고, 운동도 잘해야 했고, 무엇보다 쿨내가 나야 했다. 쿨한 것이 알파이자 오메가이자 종교인 중학생 소녀의 점심 도시락으로 우리 엄마가 선택한 메뉴는 참 잔인하게도, 김밥이었다. 요즘에는 한국의 냉동 김밥이 전 세계적으로 유행이고 SNS의 핫한 아이템이던데, 1997년에도 그랬으면 얼마나 좋았을까? 한국 사람 냄새는 어떻게든 없애고 외국 친구들과 어울리는 것이 가장 중요했던 1997년의 열네 살 소녀는 참기름 냄새 폴폴 나는 엄마의 삐뚤빼뚤한 김밥이 정말이지 너무 싫었다. 엄마는 외국 친구들도 좋아할 수 있는 김밥을 만들겠다는 집념으로 다양한 김밥들을 연구하고 연습했다. 맛없다고 아무리 얘기해도, 엄마는 포기를 몰랐다. 그저 웃으며 다음에 더 맛있게 만들어주겠다고 했다.

 그랬던 엄마가, 자기가 만든 김밥만큼이나 삐뚤빼뚤한 캐리어를 끌고 싱가포르에 왔다. 한쪽 바퀴가 고장 난 지 몇 년은 된 것 같은데, 캐리어를 바꿔준대도 한사코 싫단다. 똑바로 끌리지도 않는 빨간색 캐리어를 고집스럽게 들고, 엄마는 단숨에 달려왔다. 눈이 잔뜩 부은 것으로 봐서 비행기를 타고 오는 내내 울었던 것 같다. 하지만 내 앞에서는 울지 않았다. 엄마는 집에 들어서자마자 다 괜찮을 거라고 담담하게 이야기하고 곧바로 부엌으로 갔다. 뚝딱뚝딱 칼이 도마에 닿는 소리가 몇 번 나더니 된장찌개 냄새가 온 집 안에 퍼졌다. 갓 지은 밥이 봉곳 차려져 있었고, 하얀 김이 생명처럼 폴폴 피어나왔다. 눈물이 쏟아졌다.

엄마에게 제일 미안했다. 집을 떠난 후 지난 10년간 나는 멀리, 더 멀리 날아가기 위해 부단히 애를 썼다. 하지만 나는 더 이상 날 수 없었다. 내가 아무리 대단한 비행을 했다 한들, 둥지로 돌아가서 어미 새의 보살핌을 받아야 하는 시간이 왔다. 엄마는 나와 자기 손금이 똑같이 생겼다고 했다. 그렇기 때문에 이 끝에 어떤 결말이 기다리고 있든, 우리는 같은 운명이라고 했다. 그 손금에는 젖줄이 흐르고 있었다. 한 번도 마른 적 없는 젖줄이.

엄마는 매주 나와 함께 항암 병동에 갔다. 남편은 출근해야 했고 아빠까지 가기엔 항암실이 너무 좁았다. 암과 싸운다느니 물리친다느니 하는 이야기들과 다르게 항암은 전투가 아니었다. 그냥 일방적으로 몸에 독이 들어가는 것을 다섯 시간 동안 내리 지켜보는 수동적인 행위였다. 그래도 흔히 생각하는 것과 다르게 항암실에도 희로애락이 다 존재했다. 커튼이 쳐져 있어 주위 사람들이 보이지는 않지만, 그 소리는 다 들린다. 흐느끼는 소리도 간혹 들리고 토하는 소리도 들린다. 하지만 그냥 사람 사는 소리도 들린다. 짠 음식좀 그만 드시라고 아버지에게 잔소리하는 아들과의 대화도

들리고 넷플릭스에서 막 시작한 드라마에 대해 이야기하는 모녀의 대화도 들린다. 신입 간호사가 혈관을 제대로 못 찾는다고 혼내는 부잣집 할머니의 투정도 들린다. 엄마와 나도 지난 10년간 못했던 수다를 항암실에서 다 했다.

엄마는 주로 김밥을 점심으로 싸 왔다. 참 한결같이 못생긴 김밥이었다. 어떤 날은 다 터져서 비빔밥처럼 그냥 섞어서 같이 먹었다. 어떤 날은 너무 두껍게 썰려 있어서 젓가락으로 반씩 쪼개서 먹었다. 어떤 날은 깜빡하고 단무지를 안 넣은 김밥이었다. 엄마의 김밥을 보고 있노라면 그 한결같은 모습에 웃음이 났다. 재료를 너무 가득 넣어 터져버린 김밥을 보며, 내가 비록 바닥에 와 있지만 이렇게 꽉 담긴 사랑을 받는 사람이라는 것을 가까스로 기억해냈다.

항암을 하고 이틀은 늘 괜찮았다. 하지만 사흘째부터는 침대에서 몸을 일으킬 수 없을 정도로 아팠다. 고열을 동반한 저세상 숙취 같은 느낌이 3~4일 정도 지속됐다. 심한 날은 잠을 1분도 못 잘 정도로 뼈 마디마디가 고통스러웠다. 그렇게 일주일을 보내고 겨우 회복하면 다시 그런 한 주가 반복되었다. 어딘가 특별히 콕 집어서 아프다기보다 온몸이 바닥에 눌어붙어서 차츰 녹아 없어져버리는 느낌이었다. 그런 힘든 밤을 보낸 다음 날, 내가 먹을 수 있는 것은 엄마의 김밥뿐이었다. 뜨거운 음식은 쳐다도 보기가 싫었으니, 입맛 없는 사람이 간단하게 영양소를 챙길 방법은 결국 김밥이었다.

치료가 계속될수록 침대에 누워 있는 날들이 많아졌다. 처음 항암 치료를 시작할 때 누워 있던 날이 일주일에 이틀 정도였다면, 언제부터인가 사흘로 늘어났고, 언제부터인가 나흘이 되었고, 언제부터인가 그냥 내내 침대에 붙어 있게 되었다. 매주 받는 피검사 결과에는 빨간색 수치들이 조금씩 늘어나기 시작했다. 그 빨간색 수치들이 곰팡이처럼 피어나서 완전히 차트를 점령하는 데까지는 오래 걸리지 않았다. 백혈구, 적혈구, 종양 지표, 간 수치 등 빨갛지 않은 항목이 없었다. 음식을 섭취하고 소화를 시키고 배출하는 그 과정 중 최소 한 단계는 작동하지 않았다. 김밥을 먹는 것도 점점 힘들어졌다. 암이 다른 질병과 근본적으로 다른 것은, 치료를 받으면 받을수록 내가 나아지는 게 아니라 죽어가고 있다고 느끼게 된다는 것이다. 치료는 나를 조금씩 죽이고 있었다.

치료도 나를 죽이고 있었지만, 암도 나를 죽이고 있었다.

내 암이 치료에 반응하는 속도가 너무 더뎠다. 방사선 치료를 매일 받고 항암 치료를 매주 받았지만, 나의 암은 거의 꿈쩍도 하지 않았다. 두 달간 남들은 80퍼센트 정도 크기가 줄어든다면 나는 고작 30퍼센트 정도 줄어든 형국이었다. 의사들은 고민 끝에 방사선 강도를 높였고, 그때부터 방사선 치료 후 온몸에 심한 오한이 들기 시작했다. 치료를 받고 오면 온몸을 30분간 덜덜 떨어서 엄마와 아빠와 남편이 팔다리를 하나씩 잡고 몸으로 눌러야 할 정도였다. 항암제도 두 개 추가했는데, 그중 하나는 투약할 때 엄청난 혈관통을 동반해서 온몸의 혈관이 찢겨나가는 것 같은 고통을 주었다. 고통과는 별도로 의료진의 말투에서 희망이 느껴지지 않기 시작했다. 영어라 엄마가 못 알아듣기를 바랐지만, 엄마도 상황이 좋지 않다는 것쯤은 느끼고 있었는지, 우리는 항암을 하는 다섯 시간 동안 손도 대지 않은 김밥을 앞에 두고 거의 한 마디도 나누지 않았다.

그때부터 엄마와 나는 충돌하기 시작했다. 나는 삶을 포기할 준비를 하고 있었고 엄마는 포기를 모르는 사람이었다. 엄마는 내가 좋든 싫든 반드시 김밥을 싸야 하는 사람이었다. 엄마가 석류나 블루베리가 암에 좋다고 사 오면 짜증이 났다. 석류나 블루베리가 효과가 있었으면 죽는 사람이 왜 있겠는가. 엄마는 어디서 읽었는지 맨발로 걷는 것도 좋다고 근처 바닷가로 나를 데려가서 10분이라도 맨발로 걷게 했다. 역시나 이런 게 효과가 있었으면 사람은 왜 죽겠는가. 엄마는 내가 삶을 완전히 포기한 것처럼 하는 모든 행동에 화를 냈다. 이를 닦지 않는 것, 샤워를 하지 않는 것, 나 자신을 돌보지 않는 것. 그럴 때마다 나도 역정을 냈다. 엄마한테 화가 나서가 아니었다. 엄마가 계속해서 희망을 품는 것이 가슴 아파서 볼 수가 없었기 때문이다.

그러던 어느 날 방사선과에서 다섯 살 정도 돼 보이는 여자아이와 마주쳤다. 머리에 붕대가 감겨 있으니 아마도 뇌종양일 것이다. 곧이어 아이 엄마로 보이는 여자가 진료실에서 나와 내 옆에 앉았다. 아이는 자신에게 벌어지고 있는 일이 무엇인지 알지 못했고 그렇기에 해맑게 엄마와 장난을 치려고 들었다. 아이 엄마는 딱 내 또래였다. 그녀의 상태는 암 환자인 나보다도 심각했다. 얼굴엔 핏기가 전혀 없었고 눈빛은 허공을 응시하고 있었다. 그녀는 확실히 나보다 더 깊은 지옥에 있었다. 난 단번에 느낄 수 있었다. 자식이 아픈 것과 자신이 아픈 것은 감히 비교할 수 없는 고통이라는 사실을, 그녀의 모든 것이 말해주고 있었다. 만난 지 1분도 안 된 이 사람을 안아주고 싶었다. 무엇이든 할 수만 있다면, 이들의 앞날에 아무런 걱정이 없도록 해주고 싶었다. 이 모녀도 나처럼 최소한 37년만이라도 같이 추억을 쌓을 기회가 있었으면 좋겠다. 남의 엄마는 그토록 안쓰러워 보이면서 내 엄마는 왜 안 보였는지 모르겠다. 그녀가 떠나간 자리에 앉아보았다. 그곳에 앉으면 엄마의 마음을 이해할 수 있을까. 그곳에 앉으면 저들의 고통을 조금이라도 헤아릴 수 있을까. 내가 할 수 있는 일은 그 의자를 내 체온으로 데우는 것뿐이었다.

4개월의 표준치료가 끝났다. 이제 두 달간 휴식을 취하면서 그사이에 암이 없어지기를 기대하는 것 외에는 더 이상 할 수 있는 게 없었다. 엄마와 같이 김밥을 싸서 집 근처 공원으로 갔다. 우리는 커다란 열대 나무가 정면에 보이는 벤치에 자리를 잡고 앉았다. 오후 5시쯤이라 노란빛이 돌기 시작했고 바람이 불기 시작했다. 오늘도 여전히 삐뚤빼뚤한 엄마의 김밥을 하나씩 먹었다. 고집스럽게 엉망인 이 김밥을 나는 지난 4개월간 수도 없이 먹었다. 그렇게 나는 살아 있었다. 살아남았다. 당근은 더 볶아야 했고 단무지는 좀 더 얇게 썰어야 한다고 투덜대며, 나는 엄마와 어둠이 짙어지기 전에 집으로 걸어갔다. 앞길은 너무나 삐뚤빼뚤해 보였지만 괜찮았다, 엄마와 나는 똑같은 손금을 갖고 있기 때문이다. 그 손금 사이로 마른 적 없는 젖줄이 힘차게 흐르기 때문이다.

궁극의 배신

"이번 M&A 딜의 시너지는 20%로 잡을까요? 25%까지 가기엔 무리일 것 같은데."

애널리스트가 물어왔다. 새벽 4시가 넘어서 퇴근하고 잠시 쪽잠을 잔 다음 겨우 씻고 다시 아침 9시까지 출근하는 생활을 반복한 지 3주가 넘었다. 인수 뉴스가 발표되는 날까지 한 달 정도 남았으니, 그때까지는 이 생활을 벗어날 수 없다는 것을 우리 모두 잘 알고 있었다. 애널리스트 책상 위에는 빈 에너지 음료 깡통들이 널브러져 있었고 건너편 내 책상 위에는 언제 먹다 남겼는지 기억이 가물가물한 샐러드가 시들어가고 있었다. 오피스 밖으로 보이는 맨해튼의 멋진 새벽 야경도 이런 날은 아무 소용이 없었다.

"이사회에 30% 시나리오까지는 보여줄 수 있어야 해요. 어느 수준까지 현실적으로 가능할지는 내가 내일 판단해볼 테니까 일단 시너지 30%까지 모델링해보고 퇴근합시다."

시너지의 수학적인 의미는 꽤 단순하다. 1 더하기 1이 2보다 커지는 마법이 바로 시너지다. 기업과 기업이 합쳤을 때 독자적으로 존재했을 때보다 더 큰 가치를 단기간에 창출하는 방법은 오로지 하나뿐이다. 사람을 대량으로 해고해서 비용을 절감하는 것. 20%를 해고할지, 25%를 해고할지, 30%를 해고할지, 그 의사결정은 엑셀 시트 위에서는 너무 쉬운 작업이다. 단 1초면 된다. 다음 날 오전에 나는 클라이언트로부터 양쪽 회사의 조직도를 받았고, 수백 명의 직책과 부서명을 기반으로 두 회사에서 비슷한 일을 하는 것으로 추정되는 사람들을 찾았다. 그리고 빨간색 사인펜으로 그 이름들을 마구잡이로 그었다. 시너지를 찾고, 또 찾았다. 여기 0.1%, 여기 0.3%, 또 여기 0.2%. 그 사람이 어떤 사람인지, 어떤 인생을 살아왔는지, 앞으로 어떻게 될 것인지, 나는 생각하지 않았다. 어차피 모두 엑셀 시트 한 칸에 들어가는 '시너지'라는 항목에 추가되는 데이터에 불과했다.

그렇기 때문에 지금 이 상황이 나에게 낯설지 않아야 맞았다. 표준치료가 끝나고 내 의사 존은 예후에 대한 이야기를 하기 시작했다. 그는 암의 기수와 치료법에 따른 장기 생존율 그래프를 보여주었다. 도표 위에는 수많은 점들이 있었고 그 점들은 어떤 곡선을 그리고 있었으며 존은 그 패턴을 해석해주고 있었다. 도표 위의 점들이 '사람'이라는 것을 인지한 순간, 가슴이 쿵 하고 가라앉았다. 손바닥보다도 작은 그래프에 자리 잡은 몇백 개의 점들은 몇백 명의 사람들이었다. 이 사람들이 각자 어떤 삶을 살아왔든 모두 그래프 위에 모여 있었다. 위치는 다양할지라도 도표 위에 올라오지 않는 점은 없었다. 결국 모두, 이 곡선 어딘가에 떨어지게 되어 있었다. 내 삶도 결국 마지막에는 도표 위의 수많은 점 중 하나로 소멸하는 것인가. 나 또한 결국 데이터에 불과했다는 사실에 헛웃음이 나왔다. 평생을 데이터로 먹고산 사람에게 걸맞은 최후라고도 할 수 있겠다.

내가 어떤 삶을 어떻게 살아왔건 아무도 관심이 없었다. 나는 그저 병을 앓고 있는 환자였고 항암실의 노인들이 불쌍하게 바라보는 딱한 젊은이였다. 노력과 의지라는 것도 아무 의미가 없었다. 병을 극복하고자 하는 강력한 의지를 비웃기라도 하듯, 나를 도우려는 주위 사람들의 정성을 조롱하듯, 내 암세포는 내 몸을 떠나려 하질 않았다. 강한 의지로 시련을 극복한다? 웃기는 이야기였다. 원인도 불분명

했고 결과도 불분명했다. 나는 수많은 의사들에게 암이 생긴 이유에 대해 물어보았다. 뭘 잘못 먹어서인지, 운동이 부족해서인지, 스트레스가 너무 많아서인지, 뭐라도 이유를 찾아야 했다. 분명히 내 탓인 게 있어야 했다. 그럴 때마다 의사들은 이유를 알 수 없다고 했다. 그냥 교통사고 같은 것이라고 했다. 그 대답은 나를 정말 돌아버리게 했다. 차라리 내 탓인 편이 나았다. 무언가 잘못되면 원인을 찾고 그것을 고치는 게 삶을 살아가는 가장 기본적인 방식이 아니었던가. 하지만 원인을 알 수 없고, 그렇기 때문에 할 수 있는 것이 없고, 결과도 장담할 수 없다니, 여태까지 살아온 삶을 통째로 부정당하는 느낌이었다. 무엇보다 나는 세상이 이렇게 불공평할 수 있다는 점을 도저히 받아들일 수 없었다. 매 순간 성인군자처럼 살지는 않았지만, 부단히 노력한 삶이었다고는 자신할 수 있었다. 삶의 일방적인 폭력 앞에서, 내가 믿었던 가치들은 휴지 조각이 돼버린 것 같았다.

이유 없는 불행이 힘든 이유는 그것이 단순히 신체적으로 힘들어서도 아니고 정신적으로 힘들어서도 아니다. 이유 없는 불행이 힘든 이유는 내가 여태까지 살면서 진실로 믿고 있던 세상의 이치가 산산조각 나버리기 때문이다. 내 삶을 지탱하고 있던 근간이 흔들리면서 세상에 대한 극도의 불신이 생기기 때문이다. 단순히 몸이 아프거나 마음이 속상한 것과는 차원이 다른 고통이다. 내 몸이 나를 죽이기로 한 그 결정에, 나는 형언할 수 없는 분노와 허무를 온몸으로 느꼈다.

표준치료 종료 후 두 달간의 휴식기는 혼란으로 가득했다. 치료는 끝났지만 삶은 여전히 멈추어 있었다. 치료는 끝났지만 치유는 시작도 못했다. 물어보지 못한 질문들과 찾지 못한 답변들이 뒤엉켜 있었다. 두 달간의 휴식은 금방 지나갔다. 가까운 곳으로 여행을 갈 수 있을 정도로 체력이 회복되었다. 허리나 복부에서 느껴지던 암성 통증도 완전히 사라졌다. 나 자신을 조금은 되찾은 듯한 느낌이 들었다. 중상을 입기는 했지만 조금씩 회복했고 이제 세상 밖으로 다시 걸어나올 수 있을 것 같았다. 전신 스캔을 하고 방사선과에서 나오면서 나는 정말 오랜만에 삶에 대한 기대감을 가득 느꼈다. 간혹 뉴스에 나오는 철인 3종 경기에 출전한 암 환자나 마라톤에서 우승한 암 환자 같은 사람이 될 수도 있을 것 같았다. 인생 2회차는 제대로 할 자신이 있었다. 도표 위의 점으로 죽지 않을 것이다.

대기하는 내내 극도의 두려움과 극도의 기대감으로 심장이 터질 것 같았다. 삶이 나를 무자비하게 두들겨 팼음에도 불구하고 나는 아직도 삶에 대한 희망을 놓을 자신이 없었다. 진료실에 들어가자, 존은 나를 반겨줬고 때마침 도착한 결과지를 읽기 시작했다. 영원히 끝나지 않을 것 같은 터질 듯한 침묵을 깨고, 그가 조심스럽게 입을 떼었다.

"아, 결과가 좋지 않네요. 여기 양쪽 폐에 밝은 점들 보이시죠? 암이 양쪽 폐로 전이된 것 같은 소견입니다. 위치상 폐의 일부를 먼저 절제해야 할 것 같네요. 회복하고 바로 4기 항암 치료를 급하게 시작해야 할 것 같습니다. 앞으로 최소 6개월간 더 독한 항암 치료를 해야 하니, 체력적으로도 정신적으로도 준비를 해야 합니다. 이런 소식을 전해서 미안합니다."

아무리 노력을 하고 염원을 해도 벗어날 수 없는 그 도표 위로 다시 점이 되어 추락했다. 수백 개의 점 중 하나가 될 운명을 거스를 수는 없는 것일까. 폐를 절제하고 나면 다음은 어디일까? 위장도 절제해야 할까? 간도 절제해야 할까? 암이 곰팡이처럼 온몸에 다 퍼져서 그렇게 다 잘라내고 나면 나는 뭐가 남는 걸까? 이 끝은 어디일까?

　얼마나 시간이 지났는지 모르겠지만 눈을 떴을 때 나는 온몸에 주렁주렁 줄을 달고 있었다. 코에도 줄이 있었고 팔에도 줄이 있었고 몸통을 감은 줄들도 잔뜩 있었다. 카프카의 『변신』에 나오는 주인공 그레고르 잠자처럼, 그저 자고 일어났더니 흉측한 벌레가 되어 있었다. 내가 잠든 사이 누군가가 내 몸통에 기구를 쑤셔넣어서 내 폐를 한 조각 훔쳐 갔다. 다시 잠들었다가 통증에 깼다. 이번에는 누군가 와서 내 몸에 잔뜩 있는 줄들 중 하나로 용액을 가득 주입했다. 다시는 깨고 싶지 않은 마음으로 잠들었다. 마지막이기를 바라며.

　삶은 아무렇지도 않게 나를 또 배신했다. 이번에는 정말 궁극의 배신이었다. 나는 너를 용서할 수 있을까.

선택지는 항상 존재한다

암이 폐로 전이된 것이 확실해진 후, 나는 죽음에 완전히 사로잡혀버렸다. 그간 자욱한 안개 뒤에서 가끔씩 소리로만 존재해오던 대상이 살과 뼈로 이루어진 실체가 되어 나와 얼굴을 맞대고 있었다. 맞댄 얼굴에서는 눈물인지 땀인지 피인지 알 수 없는 뜨거운 것들이 주르륵 떨어져서 내 몸을 타고 흐르며 차갑게 식어갔다. 죽음이 두려운 건지, 죽음이 신기한 건지, 죽음에 매료된 건지 스스로 헷갈릴 정도로 죽음에 완전히 넋을 놓아버렸다. 죽음은 나를 완전히 사로잡았다. 그런 압도적이고 강력한 중압감은 살면서 처음 느껴봤다.

5기는 존재하지 않는다. 다음 단계는 전문가가 말해주지 않아도 잘 안다. 이제는 정말 벼랑 끝에 서 있었다. 존은 나에게 아직 끝을 바라볼 때는 아니라고, 새로운 면역 항암제 치료에 관해 이야기했다. 새로운 항암제가 말기 암 환자들의 수명을 6개월 연장한 논문 결과를 이야기했다. 다른 항암제도 또 다른 항암제와 병행했을 때 수명을 3개월 추가로 연장했다고도 한다. 전혀 귀에 들어오지 않았다. 어차피 죽을 텐데 이런 식의 생명 연장이 도대체 무슨 의미가 있는지, 이런 이야기를 존은 왜 하고 있으며 나는 왜 여기 앉아서 무기력하게 듣고 있는지, 알 수가 없었다.

설명하고 있던 존을 멈췄다. "죄송하지만 전혀 궁금하지 않아요. 제가 살 수 있는지 궁금하고 아니라면 시간이 얼마나 남았는지 그것만 궁금합니다." 존은 나를 한참 바라보더니 마스크를 턱 밑으로 내렸다. 힘든 이야기를 꺼낼 때마다 마스크 뒤에 숨지 않고 얼굴을 드러내주는 이 작은 배려가 좋다. "왜 그런 질문을 하는지 충분히 이해는 합니다. 30년간 진료했던 수많은 환자들이 이런 상황에 놓이면 늘 책의 마지막 챕터로 바로 훅 넘어가려고 했죠. 책의 마지막 장에 어떤 결말이 기다리고 있을지만 알고 싶어 합니다. 하지만 그 마지막 챕터로 가기까지 정말 다양한 이야기들과 서사들이 있어요. 결말에 대한 통계를 알려드릴 수는 있지만 결말만이 의미 있는 것은 아니에요. 그럼에도 불구하고 알고 싶다면 알려드리죠. 알고 싶으세요?"

나는 더 이상 대답하지 않았다. 결말을 알고는 싶었지만 마주할 자신이 없었다, 아직은. 그리고 그 결말은 굳이 의사의 입을 통해서 듣지 않아도, 간단하게 검색만 해도 알 수 있었다. 내가 가지고 있는 암세포의 종류와 전이 양상을 봤을 때, 평균적인 기대 여명은 9개월이었다. 검색 엔진이 친절하게 설명해줬다. 의학 용어가 잔뜩 적혀 있는 논문들에서 시간의 파편들을 절실하게 찾아서 긁어모았다. 그렇게 시간 조각들을 긁어모아야 평균 9개월, 운이 안 좋으면 6개월, 아주 길어야 12개월 정도의 삶을 눈앞에 두고 있었다. 좀 더 희망적인 이야기를 해줄 사람이 있을까 싶어 존 외에 수많은 전문의들을 만나봤지만 모두 한결같았다. 4기 암이고, 더 이상 완치는 힘들고, 공격성이 강한 종류이기에 새로운 치료가 잘 듣지 않으면 1년 안팎의 시간이 남아 있다고.

병원에서 긴 하루를 보내고 집에 오자마자 책장이 눈에 들어왔다. 친구들이 선물해준 다양한 저자들의 암 투병기 책들이 빼곡했다. 저자들이 아직도 살아 있는지 알아야겠어서 차례대로 검색했다. 산 사람은 거의 하나도 없었다. 죽은 사람들의 이야기는 나에게 아무런 힘이 되지 못했다. 이들은 살아 있어야 했다. 살아 있어서 나에게 희망을 줘야 했다. 죽을 거면 뭐 하러 책을 썼나 화가 났다. 너무나 화가 치밀어 올라서 읽지도 않은 그 수많은 책들을 너덜너덜한 박스에 구겨 담아 모두 내다 버렸다. 드럼통과 휘발유가 있었다면 아마 불태워 없애버렸을 것이다.

나를 지탱해주던 것들이 무너지기 시작했다. 무너졌다기보다 내가 부쉈다고 보는 것이 맞을 것 같다. 어차피 죽을 텐데 방을 청소할 필요가 없었다. 어차피 죽을 텐데 친구들을 만나러 나갈 필요도 없었다. 어차피 죽을 텐데 음식을 먹을 필요가 없었다. 어차피 죽을 것이기 때문에 지금 이 순간 숨을 쉬는 행위가 귀찮아졌다. 중력에 몸을 맡기고 눈을 감는 것만이 고통을 덜어낼 수 있는 유일한 방법이었다. 죽음이 그렇게 두렵고 싫으면서 죽음 외에는 아무것도 할 수 없는 인간이 되어 있었다. 죽는 것이 제일 싫으면서도 죽음 외에는 생각할 수 있는 능력도 없고, 죽음 외에는 느낄 수 있는 감성도 없고, 죽음 외에는 아무 의미도 없는 극도의 아이러니였다.

그런 나를 바라보면서 가장 고통스러워했던 사람은 남편

이었다. 죽음의 생각에 잠식되어가던 나를 보다 못한 남편은 꽤 큰 결심을 했다. 캘리포니아에 있는 내 동생 가족을 함께 보러 가는 여행을 몰래 계획했던 것이다. 미리 얘기했더라면 나는 여행을 가지 않았을 것이다. 침대에서 일어나서 화장실까지 세 발자국 걷는 것조차 불가능하게 느껴질 정도로 무기력한 사람에게 비행기를 타고 열일곱 시간을 가자는 것은 미친 짓이었다. 출국 하루 전날, 남편과 가족들이 여행 계획을 알려줬다. 모든 준비는 다 되어 있으니 정말 몸만 가면 된다고 했다. 아무 생각도, 아무 감정도 없었다. 가라는 곳으로 가고, 기다리라는 곳에서 기다리고, 자라는 곳에서 잤다.

샌디에이고까지 어떻게 왔는지 전혀 기억이 나지 않지만, 어느새 라호야 비치의 호텔에 와 있었다. 창밖으로 보이는 하늘은 시리도록 푸르렀고 햇살은 따스해 보였다. 밖에서는 어린아이들이 웃는 소리가 들렸고 이따금 시원한 파도 소리가 들려왔다. 하지만 그 호텔 방에서 나는 한 발자국도 나갈 수가 없었다. 지옥은 장소가 아니라 상황이라고들 하지 않던가. 태평양을 건너왔지만, 지옥은 샌디에이고까지 나를 따라와서 내 몸을 꼼짝도 할 수 없게 짓눌렀다. 누워도 지옥의 공기를 마셔야 했고 서 있어도 지옥의 공기를 마셔야 했다. 잠을 잘 때도 지옥이었고 깨어 있는 시간도 매 순간 지옥이었다. 내가 이틀 넘게 호텔 방에서 나갈 의지조차 안 보이자, 여태껏 이를 악물며 버티던 남편이 나를 보며 슬프게 울었다. 나도 그와 눈을 마주치며 울다가 잠이 들었다.

다음 날 새벽에 눈이 떠졌다. 마지막으로 씻은 것이 언제인지 기억조차 나지 않았다. 마지막으로 일어서서 제대로 걸어본 것도 한참 전이었다. 마지막 끼니도 언제였는지 기억이 안 났다. 제대로 살아본 것이 전생의 일처럼 느껴졌다. 가슴이 답답해서 왠지 밖으로 나가야 할 것 같았다. 그렇게 샌디에이고에 온 지 사흘이 넘게 지난 시점에서, 나는 처음으로 호텔 밖으로 나왔다. 파도 소리가 나는 곳으로 걸어갔다. 초록색 잔디가 정말 아름답게 펼쳐진 바다 위의 절벽으로 올라가서 아래를 내려다보았다. 한쪽에서는 물개들이 해변 위로 올라와서 뒹굴며 놀고 있었고, 다른 한쪽에서는 아침 서핑을 하려는 사람들이 분주하게 바다로 달려가고 있었다. 비릿하고 시원한 바다 내음이 코끝을 간지럽혔다. 생명이 가득한 이곳에 아침 햇살이 차오르고 있었다.

그리고 한 가지를 깨달았다. 지난 열흘간 지옥을 오가며 가장 견딜 수 없었던 것은 암이 전이되었다는 사실도 아니었고, 생존율이 매우 낮아졌다는 사실도 아니었고, 끔찍한 치료를 더 해야 한다는 사실도 아니었다. 내가 가장 견딜 수 없었던 것은 두려움에 잠식되어 인생을 완전히 놓아버린 내 태도였다. 그 두려움은 암보다 빠르게 내 온몸에 퍼져나갔다. 얼마나 남았을지 모를 내 인생에 대해서 이렇게 무책임한 태도를 보인 나 자신이 암보다도 싫었다.

　이런 일이 나한테 왜 생겼는지 모르겠지만 돌이킬 방법은 없었다. 대신 이 일에 어떻게 반응할지는 전적으로 내가 결정할 수 있었다. 두려움에 절인 피클처럼 물컹하게 누워 있는 것을 선택할 수도 있고, 바닷가로 걸어나와서 세상의 아름다움을 조금이라도 더 느껴보려 하는 것을 선택할 수도 있다. 정해진 결말이 있다고 해서 선택할 수 없는 건 아니다. 결말이 어떻든 주어진 운명을 받아들이고 인생을 완주하겠다는 결정도 선택이다. 이 선택이 열심히 살아온 내 인생에 대한 최소한의 예의이자 책임이다.

　앞으로 두려운 일들이 점점 더 많아질 것이다. 두려움이 없어질 수는 없다. 하지만 그 두려움에 어떻게 반응할지는 전적으로 내가 선택할 수 있다. 선택지는 항상 있다. 그때마다 나는 바닷가로 걸어나오는 선택을 하겠다고 스스로 다짐했다. 이미 몸을 지배한 암이 정신까지 지배하게 둘 수는 없지 않은가. 그건 너무 화나는 일이다. 단 하루도 더 이상 두려움에 낭비하고 싶지 않았다. 죽음은 나를 한 번만 죽일 수 있지만 두려움은 나를 몇천, 몇만 번이고 갈기갈기 찢어서 죽일 수 있다. 그렇기 때문에 두려움에 대응하는 게 중요하다. 두려움에 대해 어떤 선택을 할지 결정하는 게 중요하다.

'용기'가 생겼다는 것은 아니다. '용기'라는 단어는 사실 좀 우습다. 싸워서 이길 정도의 체급은 돼야 용기라는 게 생기기 마련이다. 싸울 수 있는 대상이 아니라면 갈고닦아봐야 용기란 건 샘솟지 않는다. 그래서 사람들이 나같이 투병하는 사람들에게 으레 하는 '넌 참 용감하다'라는 말을 별로 좋아하지 않는다. 용기로 두려움을 물리치는 것이 아니라 두려움을 있는 그대로 받아들이고 그것에 어떻게 대응할지 선택하는 것이기 때문이다.

시원한 바닷바람을 맞으며 한참을 생각하고 언덕을 내려왔다. 다시 호텔로 들어가서 오랜만에 샤워하고 옷을 챙겨 입었다. 그리고 자는 남편을 깨웠다. 내가 어디가 아픈 줄 알고 놀라서 깬 남편한테 너무 배고프니 샌디에이고에서 가장 유명하다는 브런치 맛집을 찾아가자고 하니 어리둥절해했다. 나는 간만에 걸신이 들린 것처럼 먹었다. 팬케이크를 가득 쌓고 메이플 시럽을 잔뜩 부어 두 접시를 먹었고, 산더미 같은 계란 스크램블을 몇 초만에 먹어 치웠다. 세상에는 이렇게 맛있는 것들이 있다는 사실을 잠시 잊고 살았다. 이것만으로도 꽤 살 만한 세상인 것 같다.

남편과 나는 다시 바닷가로 와서 하루 종일 물개와 서퍼를 구경했다. 물개들이 새끼들과 함께 해변가로 올라오는 시즌이었다. 새끼 물개들이 해안가의 얕은 곳에서 다 같이 물장구를 치며 놀았고, 찰랑이는 투명한 바닷물은 햇빛에 닿으면 진주빛으로 변했다. 이런 순간이 다시 오지 않을 수도 있다고 생각하니, 더없이 그 광경이 소중했다. 서퍼들은 바다 위를 역동적으로 질주했다. 자연의 힘을 온전히 느끼니 웬만한 보약을 먹었을 때보다 기운이 났다. 우리는 해 질 녘에 잔디밭에 나와서 팔 다리를 쭈욱 뻗고 누웠다. 살면서

본 가장 아름다운 일몰이 눈앞에 펼쳐지고 있었다. 나는 웃었다. 몇 주 만인지 모르겠다.

그렇게 나는 다시 삶을 선택했다.

해줄 수 있는 것은 위로뿐

태어나면서부터 우리는 다른 사람과 함께 살아가기 위한 방법들을 꾸준히 습득한다. 원하는 것이 있어도 참는 방법을 배우고, 남에게 선행을 베푸는 방법도 배우고, 내 주장을 관철하는 설득의 방법도 배운다. 이 중에서 타인과 교류하는 데 아주 필수적이면서도 가장 어려운 것은 '위로'이다. 어떻게 보면 인간이 다른 인간에게 해줄 수 있는 가장 고차원의 행동일 것이다. 상대방의 상황을 인지하고, 그 감정을 헤아리고, 어떤 도움이 필요할지 고찰한 후에 본인이 알고 있는 언어의 한계 내에서 상대방의 납덩이같은 마음을 단 1그램이라도 덜어줄 수 있도록 내 마음을 표현하는 것이다. 사실상 종합예술이라고 봐도 무방하다. 상황 판단 능력, 공감 능력, 표현력 등 복합적인 능력치가 필요하다. 우리 모두 위로하는 입장이자 받는 입장이기 때문에 충분한 학습이 필요한데, 다른 그럴싸한 능력들에 비해 위로는 슬프게도 별로 스포트라이트를 받지 못한다. '해줄 수 있는 것이 위로뿐'이라는 말이 있을 정도로 위로는 하대를 당한다. 위로는 핫하지 못하다.

나는 위로를 잘 못하는 사람이었다. 살면서 위로가 필요했던 일이 없었기 때문에 누구로부터 위로를 받은 적이 없었고 결과적으로 보고 배울 만한 기회가 없었다. 물론 가족을 잃은 친구들이나 원하는 대로 일이 풀리지 않는 지인들에게 위로의 말을 건네기는 했다. 하지만 내가 말을 해봤자 그 사람 상황이 당장 나아질 것도 아니기 때문에 위로의 퀄리티에 대해 깊이 고민해보지 않았다. 오히려 힘든 상황에 놓인 사람에게 적극적으로 도움을 줘서 상황을 해결하는 데에 힘을 썼다. 하지만 내가 도와줄 수 없는 영역이거나 상대방이 원하지 않을 때는 어떻게 해야 할지 잘 몰랐다. 누군가에게 도움을 주는 방법은 알았지만, 위로를 하는 방법은 전혀 몰랐다.

내 병에 대한 소식이 퍼지기 시작하면서 원하든 원하지 않든 수많은 응원과 위로의 메시지가 쏟아졌다. 처음에는 어떤 종류의 위로든 기쁜 마음으로 받아들였다. 하지만 암이라는 병에 대해서 자세히 알게 될수록, 치료가 길어질수록, 병과 나의 관계가 깊어질수록, 어떤 위로의 말들은 나를 힘들게 했고, 어떤 위로의 말들은 나를 외롭게 했고, 어떤 위로의 말들은 나를 귀찮게 했다. 힘들고 외롭고 귀찮게 하려고 이런 말들을 하는 사람은 단 한 사람도 없었다. 모두 위로의 마음만큼은 진심이었다.

하지만 암이라는 병의 고유한 특성 때문에 위로하는 사람 입장에서는 어려운 점이 너무 많다. 원인도 없고, 치료 효과에 대한 보장도 없고, 스스로 통제할 수 있는 변수도 없는, 그야말로 속수무책으로 당하고만 있어야 하는 불운의 구덩이 속에 있는 사람에게 위로는커녕 인사를 건네는 것조차 얼마나 무섭고 어렵고 어색한 일인지 잘 안다. 게다가 내 나이대에 흔히 일어나는 일이 아니기 때문에 나도, 내 주변 사람들도, 우리 모두 초짜였다. 그렇기에 우리 모두 함께 시행착오를 겪으며 위로의 방법을 배워갔다.

나를 힘들게 한 위로의 말은 '넌 강한 사람이니까 이겨낼 거라 믿는다' 같은 말들이었다. 사실 처음에는 이 말을 덥석 믿었다. 아니, 믿고 싶었다. 특별히 내가 강한 사람이라고 생각해본 적은 없지만 독한 사람은 맞다고 생각한다. 원하는 게 있으면 지독하게 노력해서 얻어내는 것이 내가 가장 잘 하는 일이었다. 독기로 이겨낼 것이다. 첫 항암을 마치고 이 다짐이 얼마나 허무맹랑했는지 내 온몸이 말해주었다. 이기고 싶지 않다. 간절하게 지고 싶다. 온몸에 독이 가득 차서 혈관 곳곳을 헤집어놓으며 낮이고 밤이고 돌아다녔다. 몸의 암 덩어리보다 더 집요하게 나를 괴롭힌 것은 마음의 암 덩어리였다. 이 딱딱한 덩어리들이 나를 잠식해갔다. 그럴수록 나는 의아했다. 나는 분명 강한 사람인데 왜 이 지경일까?

　어느 순간 나보다 훨씬 강해 보였던 환우들이 더 이상 안 보이기 시작했다. 만석이었던 병원 대기실에서, 자기는 힘이 넘쳐서 서 있어도 괜찮다며 나에게 자리를 양보했던 환우가 어느 날 세상을 떠났다. 조기에 발견해서 분명 잘되어야 할 치료가 잘 안 돼서 죽는 환우도 있었고, 반면에 나보다 전이 상황이 더 안 좋은데도 약이 잘 맞아서 치료 효과가 더 좋은 환우도 있었다. 생사 여부란 환자의 강한 의지와는 도무지 아무런 상관관계가 없어 보였다. 강한 의지는 고사하고 그 무엇과도 아무런 상관관계가 없어 보였다. 아무런 룰도 존 재하지 않는 죽음의 게임에 우리 모두 강제로 참여하고 있었다. 그렇기 때문에 환자 입장에서는 병마와 '싸운다'는 개념이 건강한 사람들의 가슴 뭉클한 판타지 정도로 괴리감 가득하게 느껴진다. 어느새부턴가 '넌 강한 사람이니까'라는 말에 주체할 수 없이 화가 나기 시작했다.

나와 항암 병동에서 옷깃이 스쳤던 그 수많은 사람들, 최악의 상황에서 잠시라도 같이 웃기 위해 농담을 툭 던졌던 사람들, 자신의 마지막을 담담하게 맞이했던 사람들, 이제는 세상을 떠난 그 사람들이 강하지 못했기 때문에 결국 암을 극복 못했던 것이 아니다. 더 이상 스스로를 채찍질하고 싶지 않았다. 강한 사람의 탈을 집어던지고 싶었다. 나는 강하기 때문에 내 운명은 남들과 다를 거라는 위선을 떨고 싶지 않았다.

강해야만 겨우 극복할 수 있을 것 같은 최악의 상황에서 아이러니하게도 가장 위로가 되었던 말은 강하지 않아도 된다는 말들이었다. 열다섯 살에 유방암으로 엄마를 잃은 친구 J가 그런 위로를 해주었다. 슬픔, 상실, 공포, 허무, 분노 등 다양한 스펙트럼의 감정을 느끼게 될 텐데 이 모든 감정들을 온전히 느끼는 것이 당연하고 괜찮다고. 지금 하고 있는 것은 싸움이 아니라고. 무언가와 싸워서 이기려고 기를 쓰지 말고 묵묵하게 버티라고, 그리고 자기가 바로 옆에서 같이 버텨주겠다고. 상실을 겪어본 사람들만이 소통할 수 있는 비밀스러운 언어가 존재한다. J는 그 언어로 나에게 말을 걸어왔다. 그리고 그녀의 위로 덕분에 나는 철갑을 벗어던지고 가장 연약한 내 안의 알맹이를 드러냈다. 나는 강하지 않다, 그래도 괜찮다. 싸움이 목표가 아니라 완주가 목표이기 때문에 강하게 힘을 줄 필요가 없어졌다.

나를 외롭게 한 위로는 '다 괜찮아질 것이다' 같은 긍정의 말들이었다. 성의 없이 예의상 다 괜찮아질 거라고 한 사람은 없었다. 다들 진심으로 내가 괜찮아질 거라고 믿거나, 내가 괜찮지 않은 상황은 상상조차 할 수 없을 정도로 끔찍해서 자기 최면을 걸듯이 다 괜찮아질 거라고 말하기도 했다. 나를 가장 아끼는 사람들이 이런 종류의 위로를 많이 했고 그 마음을 충분히 이해한다. 하지만 내 치료 진행 상황, 후유증의 정도, 그리고 예후는 내가 가장 잘 알고 있다. 확률적으로 좋지 못하다는 것도 잘 알고 있다. 그런 상황을 받아들이기 위해 발버둥을 치고 있는 와중에 다 괜찮아질 것이라는 이야기는 나를 너무 외롭게 만들었다. 긍정의 힘을 믿지 않는 것은 아니지만 그 힘은 내 손이 닿는 곳에 있지 않았다. 힘든 상황을 받아들이려고 발버둥 치고 있는 사람에게 긍정의 언어는 오히려 독이 되기도 한다.

　모든 것이 다 잘될 것이라는 말보다 잘되든 잘 안 되든 끝까지 함께해주겠다는 말이 위로가 됐다. 친구 D가 그런 말을 했다. 하지만 그도 처음부터 그러지는 않았다. 내가 3기 치료를 받는 동안 그는 누구보다 긍정적이었다. 내가 아파서 몇 주간 메시지에 아무런 답장을 하지 않아도 그는 오뚜기처럼 매일 저녁에 메시지를 보냈다. 모든 것이 다 잘될 것이라고. 모두의 기대와 다르게 내가 4기 판정을 받은 날, 그는 회사에 휴가를 내야 할 정도로 충격을 받았고 자기 일처럼 슬퍼했다. 우리 둘 다 겨우 정신을 차리고 만났을 때, 그는 이렇게 이야기했다. 모두가 원하는 대로 상황이 나아질 수도 있지만 지금보다 더 힘들어질 수도 있다는 것을 잘 알고 있다, 그 결말이 어느 쪽이든 무섭다고 눈을 질끈 감기보다 끝까지 함께하겠다, 책의 마지막 장까지 끝까지 같이 읽어주겠다. 그 말이 이상하게 내 마음을 달래주었다. 비극적인 운명을 혼자 맞아야 한다는 것에 주체할 수 없는 공포를 느껴왔던 것 같다. 갑작스럽게 엔딩 크레딧이 올라올 것 같은 공포 영화의 유일한 관객이라고 생각했다. 하지만 내 옆에 더 많은 관객들이 있었고, 그들이 내 손을 잡아주면 결말이 조금은 덜 무서워지지 않을까 생각했다.

나를 귀찮게 한 위로는 '필요한 게 있으면 무엇이든 해줄테니까 꼭 알려줘' 같은 말들이었다. 나는 내가 무엇이 필요한지 전혀 몰랐다. 무엇이 필요할지 예측하는 것도 불가능했고 계획하는 것도 불가능했다. 이럴 때일수록 주위 사람에게 기대라고 모두가 이야기하는데, 기대는 방법을 전혀몰랐다. 사람들이 어디까지 나를 도울 수 있을지 알 수 없었고 암 환자의 부탁은 대부분 거절하지 않을 것을 알기에 누구에게도 부담을 주고 싶지 않았다. 회사에서도 리소스를 어디에 배분해서 누구에게 어떤 일을 시킬까를 고민하는 일을 하는데 암에 걸린 마당에도 비슷한 종류의 고민을 하고 있는 나 자신에 짜증이 솟구쳤다. 그래서 아무런 도움의 손길도 받지 않는 방향으로 정했다. 하지만 그럴수록 무엇이 필요하냐는 질문들은 빗발쳤다. 도움을 제대로 받는 것도 부지런한 사람이나 할 수 있는 거구나, 귀찮은 암 환자는 생각했다.

그러던 어느 날, 집에 갑작스럽게 피자 배달이 왔다. 시킨 적이 없다고 배달원에게 이야기했지만, 그는 이 주소가 맞고 M이라는 사람이 주문했다고 했다. M은 직장 동료였다. 우리는 사실 친한 사이는 아니었지만, 함께 프로젝트를 한 적이 있었다. 독일 사람답게 커뮤니케이션이 명확해서 업무적으로 매우 좋아하고 신뢰했지만, 개인적으로 친해질 기회는 없었다. 그렇기 때문에 내 투병 사실에 대해서 직접 얘기한 적도 없다. 피자와 함께 전달된 메모에는 이렇게 쓰여 있었다. "아프다고 들었습니다. 뭐가 필요한지 모르겠지만 끼니 챙기기 힘들 것 같아서 피자를 보냅니다. 피자를 싫어하면 부담 없이 그냥 버리세요." 이 사람을 좋아했던 이유가 생각났다. 무엇이 필요한지 모르는 나에게 대부분의 사람들은 무엇이 필요한지 물어보는 단계에서 끝났지만, 이 사람은 조금 투박하고 서툴더라도 행동이 먼저였다. 잘 생각해놓은 그럴싸한 말보다 서툰 행동을 좋아한다. 그리고 그런 행동이 나에게 좋은 위로가 되었다. 항암 후 처음 먹는 피자는 까무러치게 맛있었다.

위로가 필요한 사람은 항상 주위에 있다. 아무리 강한 사람이라도 힘들면 울어도 된다고 위로해주고 싶다. 아니, 오히려 강함을 잠시 내려놓고 온전히 울어야 다시 강해질 수 있다고 말해주고 싶다. 이기고 지는 싸움이 아니니까 완주만으로도 최선을 다한 것이라고 위로해주고 싶다. 원하는 결말이 아니더라도 그 결말을 마주하는 것만큼은 함께해주겠다고 말해주고 싶다. 무엇이 필요한지 정확히는 모르겠지만 토핑 가득한 피자를 보내주고 싶다. 그렇게 같이 위로를 주고받고 싶다, 해줄 수 있는 것이 위로뿐이라 할지라도.

병든 자의 인간관계론

치료가 실패하고 투병이 장기화되면서 나의 인간관계는 새로운 국면을 맞이했다. 좋은 소식 하나 없이 안 좋은 소식만 일방적으로 몇 달간 전하는 것에 나 스스로 지치기 시작했다. 친한 친구들도 내 기분을 살피느라 정작 그들의 좋은 소식이든 나쁜 소식이든 전하지 않거나 필터 후에 전하는 것이 느껴졌다. 그렇게 소식이 뜸하다가 이따금 친구들의 인스타그램을 보면 그 일상에 미칠 것 같은 질투, 서운함, 서러움이 얼룩덜룩 돋아났다. 소수정예 15인 클럽은 창립 후 최대 위기를 겪게 되었다. 창립자는 중요한 커뮤니케이션 기로에서 점점 더 '연락 두절'을 택했다.

인간관계에서 해방됐다고 생각했던 처음과는 다르게, 상황이 최악으로 치달을수록 인간관계는 나를 서서히 옥죄어 왔다. 아무리 생각해도 내가 왜 이런 병에 걸렸는지 이해할수 없었다. 어느 어두운 밤, 나는 결론을 내렸다. 내가 이렇게 된 것은 인간관계 때문이라고. 건강하게만 살던 나에게 이런 일이 일어난 것은 인간관계로 인한 스트레스, 그 이유 뿐이었다. 의사들이 스트레스와 암 사이에 증명된 상관관계가 없다고 아무리 이야기해도, 나는 그렇게 결론을 내리기로 결심했다. 그렇게 믿는 편이 더 쉬웠다. 그리고 그렇게 깊은 지옥으로 점점 빠져들었다.

고통을 느낄 때마다 나를 힘들게 했던 수많은 얼굴들이 떠올랐다. 내 능력을 믿어주지 않았던 사람들, 나를 이용하기만 했던 사람들, 뒤에서 내 험담을 했던 사람들, 나를 끌어내리려 했던 사람들, 나에게 따뜻하지 않았던 사람들. 그들의 사소한 말, 표정, 행동이 하나하나 다 떠올랐고 나는 그들을 죽일 듯이 미워하고 규탄했다. 실제로 존재했던 사람들인지조차 불분명한 이 집단은 그렇게 매일 밤 나를 괴롭혔고, 나는 식칼을 들고 그들을 밤새 쫓아다녔다. 그들에게 가려져, 나의 불사조 기사단 열다섯 명은 더 이상 보이지 않았다.

기존의 인간관계에 완전히 질려버린 나는 어딘가 탈출구가 절실하게 필요했다. '이 빌어먹을 세상, 개새끼들아!!'라고 시원하게 외칠 수 있는 대나무 숲이 필요했다. 내가 사용하고 있는 항암제의 부작용에 대해서 검색하다가 우연히 트위터(현 X, 하지만 영 입에 붙지 않아서 여전히 트위터라고 읽고 쓰겠다)로 흘러갔고 나와 비슷한 투병을 하는 듯한 사람을 발견했다. 그녀는 팔로워가 10명 남짓했지만 아랑곳않고 10분에 한 번씩 트윗을 하는 것 같았다. 그리고 그녀의 트윗은, 정말이지 날것 그 자체였다. 30분 전의 그녀는 손가락 까닥할 힘도 없이 항암실에 앉아 있었지만 20분 전의 그녀는 주위의 모든 물건을 박살 낼 기운으로 분노에 차 있었다. 10분 전의 그녀는 엉엉 울고 있었고, 지금의 그녀는 집에 가면서 아이스크림을 사 먹으며 세상은 그래도 나름 살 만하다고 말하고 있었다. 별 내용도 없고 영양가도 없는 이름 모를 사람의 이 트윗에 나는 드디어 숨통이 트이는 것 같았다. 그렇게 트위터 계정을 처음으로 개설했다. 7년째 소셜미디어 회사를 다니고 있음에도 불구하고 타 회사의 플랫폼은 한 번도 써본 적이 없었다.

그렇게 나도 별 영양가 없는 트윗을 해대기 시작했다. 침몰하는 배에서 유리병에 꼭꼭 메세지를 담아 망망대해에 흘려보냈다. 어디로 흘러갈지 모르겠고 그 누구에게도 도달하지 않을 가능성이 높지만, 그럼에도 불구하고 꼭 보내야만 하는 메세지들이었다. 트위터의 익명성이 나에게 꽤 큰 해방감을 선사했다. 나를 잘 아는 지인들이 보면 걱정할 법한 말들을 아무렇지도 않게 내질렀다. 보는 사람은 없었지만 그렇기 때문에 신경 써야 하는 사람도 없었다. 그렇게 말을 툭툭 던지다가 비슷한 처지에 있는 사람들을 알음알음 발견하고 잔잔하게 교류하기 시작했다. 우리는 서로 어디 사는지, 나이가 몇인지, 성별이 무엇인지, 어떤 일을 하는지 전혀 알지 못했다. 하지만 우리 모두 끔찍한 고통을 겪고 있었고 그 고통은 우리만이 이해할 수 있다는 데에서 오는 엄청난 유대감이 있었다. 그리고 이런 대화들은 그간 내가 인간관계에 대해 얼마나 편협한 기대치를 갖고 있었는지를 깨닫게 해주었다.

문제의 원인은 나였다. 애초부터 소수의 인간관계에 너무나 복합적이고 수많은 내 감정과 생각을 끼워맞출 수는 없는 노릇이었다. 나를 걱정하되 병에 대한 이야기만 하지는 않았으면 좋겠고, 재밌는 수다도 떨었으면 좋겠고, 같이 울 수도 있었으면 좋겠고, 의학 지식도 공유할 수 있었으면 좋겠고, 사는 이야기도 했으면 좋겠고, 궁극적으로 이 모든 것들을 하나의 관계에서 해결했으면 좋겠다는 생각은 나의 큰 착각이었다. 그 누구도 나에게 직접적으로 얘기하지는 않았지만 상대방도 나도 관계에 대한 번아웃이 오는 가장 확실한 지름길이었다. 시간, 공간, 상황에 따라서 스르르 깊어졌다가 얕아졌다가 넓어졌다가 좁아지기도 하는 것이 진정한 의미의 인간관계이다. 인간관계는 정의 내려지고 선이 그려지고 유연함이 없어지는 순간부터 그 기능을 상실하고 만다.

그때부터 나는 꽤 사교적인 암 환자가 되었다. 15인 외의 사람들이 연락해도 주저없이 나가서 수다를 떨다가 왔다. 약물로 온 얼굴이 퉁퉁 붓고 머리는 완전히 벗겨졌어도, 부끄럼 없이 사람들을 만나고 돌아다녔다. 병에 대한 깊은 이야기를 하기 어려워하는 사람들과는 시시콜콜한 이야기를 나눴다. 어느 부서의 누구는 아직도 그러고 다닌다더라, 누가 누구랑 연애한다더라, 누가 차였다더라 등 몇 시간씩 가십을 하기도 했다. 오랜 시간 사무적인 관계만 유지하다가 병을 계기로 덥석 친해진 사람들도 생겼다. 어린 시절에 가족 누군가를 암으로 잃은 사람, 교통사고로 눈앞에서 부모를 잃은 사람, 중증 장애가 있는 자녀를 키우고 있는 사람 등 겉으로만 봐서는 시련 하나 없을 것 같은 사람들과도 아픔이라는 공통분모에 대해 이야기했다. 트위터에서는 이름 모를 사람들과 분노했고, 웃고, 공감했다. 여전히 힘든 날은 15인 중 한 명에게 전화해서 펑펑 울다가 웃으며 전화를 끊곤 했다. 그 과정에서 더 가까워진 사람들도 있고 돌이킬 수 없을 정도로 멀어지고 서먹해진 사람들도 있다.

하지만 분명한 것은 모두 각자의 역할을 하고 있었다는 것이다. 이렇게 다양한 모양새의 인간관계를 유연하게 유지해나가는 것이 완벽하지는 않더라도 가장 자연스러운 모습이 아닐까 싶다. 내 이불 속에 기어들어와서 귓속말을 들어줄 사람도 필요하고, 먼 발치에서 나를 지켜보며 때때로 손을 흔들어줄 사람도 필요한 것이다. 나를 가장 잘 아는 사람도 필요하지만 나를 전혀 모르는 사람도 필요하다.

얼마나 지속될지 알 수 없는 일상을 살아가는 현재의 나는 여전히 비슷한 맥락의 인간관계론을 믿고 실천한다. 당연히, 힘든 인간관계는 여전히 존재한다. 사회생활을 하는 이상 나를 힘들게 하는 인간관계는 모두의 숙명이다. 하지만 확실히 예전과는 다른 시각으로 접근한다. 내 기운을 뺏는 인간관계에 너무 많은 생각과 에너지를 소모하고 싶지 않다. 그러기에는 인생이 너무나 짧고 시간과 마음을 쏟을 만한 가치가 있는 인간관계가 훨씬 많기 때문이다. 그런 힘든 인간관계가 있으면 상상 속의 내 장례식 명단에 그 사람을 블랙리스트로 올려버린다. 소위, '입뺀'이다. 신나는 음악이 쿵쿵 들리는 장례식장 앞에서 들어가고 싶어 죽겠는데 덩치 좋은 사람들에게 막혀 '명단에 없습니다. 죽어서도 당신은 보기 싫다는군요'라고 입뺀 당하는 모습을 상상해본다. 장례식에도 초대받지 못하는 사람이 구분되는 순간, 정리가 한결 쉬워지는 느낌이다.

대신 나에게 의미 있는 관계에는 마음을 적극적으로 표현하려고 노력한다. 이 관계가 나한테 왜 중요하고 당신이 나한테 어떤 의미인지 부지런하게, 하지만 자연스럽게, 기회가 나는 대로 표현한다. 시간이 지나고 공간이 바뀌고 상황이 변하면서 이 관계가 어떻게 또 바뀔지 알 수 없기 때문에, 이 순간이 더욱더 중요한 것이다. 상당수의 인간관계는 right place and right time이 결정해준다고 생각한다. 그 시공간이 다시 틀어지기 시작하면 당사자들의 의도나 진심과는 무관하게 충분히 흐름이 바뀔 수 있다. 그래도 괜찮다. 그래도 차

고 넘친다. 한철의 공생관계 같다고 할 수도 있겠지만 우리
는 잘 안다, 적어도 그 순간만큼은 우리 모두 진심이었다는
것을.

비관적 낙관주의자의 플렉스

긍정주의자들이 가장 먼저 죽는다고 했다.『죽음의 수용소에서』를 쓴 빅터 프랭클은 아우슈비츠에서 가장 빠르게 삶의 의지를 잃은 사람들로 긍정주의자들을 꼽았다. 아이러니하게도 처음에는 이 가엾은 집단에 가장 큰 힘이 되어주려고 노력했던 사람들이다. 모두에게 용기를 주는 감동적인 연설을 하기도 했고, 웃음을 주기 위해 코믹한 역할을 자처하기도 했고, 이 전쟁이 언젠가 끝날 것이라고 앞장서서 모두에게 희망을 주었다. 긍정주의자들은 처음 몇 년간은 집단에 희망의 불씨를 지피기 위해 모든 노력을 했다.

하지만 부활절에 끝날 것이라던 전쟁은 끝나지 않았고, 크리스마스가 되면 끝날 것이라던 수용소 생활은 끝이 없었고, 봄이 오면 모두가 해방될 것이라던 믿음은 깨지고 말았다. 그사이에 주위의 수많은 사람들은 가스실로 끌려가서 새카만 연기가 되어 굴뚝 사이로 흘러나왔다. 긍정주의자들은 이 과정에서 완전히 무너져 내렸다. 꼭 올 것이라던 그날은 오지 않았다. 날짜를 다시 설정했다. 하지만 그 날짜도 결국 완전히 틀려버리고 말았다. 다시 조정을 해보았다. 이번에도 글렀다. 영원히 이곳에서 나갈 수 없는 것이 확실해졌다. 그렇게 마지막 남은 끈을 놓아버리게 된다.

내가 딱 그 꼴이었다. 45번의 방사선 치료가 끝나면 모든 게 없던 일이 될 것이라고들 했다. 23번의 항암 치료를 끝내면 다시 내 인생으로 돌아갈 수 있을 것이라고들 했다. 반년만 이를 악물고 버티면 끝이 있다고들 했다. 그래서 악착같이 날짜를 세었다. 해방까지 172일, 115일, 63일, 24일, 1일. 이 카운트다운이 끝나면 다시 삶을 살아갈 수 있을 것이다. 지금은 사는 것도 죽는 것도 아니지만 상황이 이런데 어쩌겠는가. 지금은 다시 삶을 살기 위해 기다리는 시간이거늘.

하지만 카운트다운이 끝난 순간, 0이 될 줄 알았던 숫자가 예고도 없이 무한대로 늘어나버렸다. 시계가 아예 고장 나버렸다. 1567일이 될지, 540일이 될지, 91일이 될지 아무도 모른단다. 완전히 먹통이 돼버린 시계만 멀뚱멀뚱 바라볼 뿐이었다. 살아서 나가지 못할 수도 있다는 생각을 처음으로 하게 되었다. 이 병을 극복하지 못할 수도 있다는 것을 인정하게 되었다.

그래서 목표를 바꿨다. 살아서 나가는 것이 목표가 아니라 매일을 사는 것으로 목표를 완전히 바꿀 수밖에 없었다. 다시 살아갈 날을 기다리는 것은 바보 같은 일이었다. 지금 살지 않으면 기회가 없을 수도 있다. 더 이상 삶을 유예하는 일 따위는 하지 않을 것이다. 고통의 끝을 희망하던 내 안의 긍정주의자는 죽었다. 볕이 따뜻한 곳에 고이 묻어주고 이 고통이 끝나면 그토록 마시고 싶었던 샴페인 한 병으로 근사하게 제사를 치러주었다.

대신에 비관적 낙관주의자가 탄생했다. 고통을 인정한다. 너란 놈이 없어지지 않을 것이란 빌어먹을 사실을 겸허하게 받아들인다. 하지만 그렇다고 해서 내가 찾을 수 있는 희망과 의미가 없지는 않다는 것도 잘 알고 있다. 결박된 상태에서도 분명히 자유로울 수 있다. 이상하게 마음이 무척 편해졌다. 갑자기 만나고 싶은 사람들이 너무 많아졌고, 하고 싶은 말이 너무 많아졌고, 하고 싶은 일들도 너무 많아졌다.

4기 암 판정을 받고 가장 처음 한 일은 사랑하는 가족과 친구들과 함께 시간을 보낸 것, 이라고 거짓말하고 싶다. 아, 간절하게 거짓말하고 싶다. 얼마나 아름다운 일인가. 하지만 아니다. 내가 처음으로 한 일은 엄청난 쇼핑이었다. 미친 듯한 플렉스였다. '여기부터 여기까지 다 주세요', '색상별로 다 주세요', '그냥 둘 다 살게요' 급의 엄청난 쇼핑이었다. 굶주렸다가 폭발한 내 쇼핑 욕구를 겨우 잠재운 것은 카드사의 도난 방지 시스템이었다. 6개월간 집과 병원만 오가며 카드를 쓴 적이 없었기 때문에 카드사가 승인 거절을 내기 시작하면서 쇼핑은 종료되었다.(돌이켜보면 카드사에게 정말 감사하다.)

치료가 끝나고 모든 것이 예전으로 돌아가면 그때 옷을 사려고 계획하고 있었다. 장기간 스테로이드 복용으로 내 몸무게는 치료 시작 전보다 10kg는 늘어났다. 얼굴과 손가락은 항상 통통 부어 있었다. 지금까지 썼던 항암제로 머리카락이 빠지지는 않았지만 엄청나게 가늘어졌고 정수리 부분은 탈모가 꽤 진행되고 있었다. 항암제의 독성 때문인지 얼굴은 항상 시뻘건 여드름으로 가득했다. 치료 기간 동안 쇼핑을 하지 않은 것은 거울이 보기 싫어서였다. 거울을 안

본 지 한참 되었다. 얼마나 싫었냐면, 늘 화장실 불을 끈 상태에서 볼일을 보고, 세수를 하고, 이를 닦았다. 내 몸을 보기가 싫어서 매일 천장을 보며 샤워하다 목덜미가 나갈 뻔했다. 이따금 샤워기 헤드에 비치는 내 몸을 볼 때마다 소스라치며 못 볼 것을 본 것처럼 시선을 피했다. 병원에 입고 갈 편한 옷을 사거나, 잠옷을 사거나, 속옷을 사야 할 때도 늘 남에게 부탁했다. 당장은 거울 속 나를 마주할 자신이 없었지만 언젠가 이 모든 것이 끝나서 다시 예전의 몸과 예전의 얼굴로 돌아간다면, 그때부터 다시 예뻐질 것이다, 라고 다짐했다.

내 계획과는 다르게, 내 몸뚱이는 4기 치료를 받으면서 더 망가져갔다. 하지만 나는 더 이상 패셔너블해질 수 있는 날을 기다리지 않았다. 새로운 항암제를 쓰기 시작하면서 2주 만에 머리카락과 눈썹에 완전한 탈모가 왔다. 괜찮다. 엄청나게 많은 모자와 스카프를 샀으니까. 생전 사본 적 없는 명품 스카프도 몇 개 구입했다. 이렇게도 묶어보고 저렇게도 묶어보고 어느 모자가 어느 옷과 어울리는지 거울 앞에서 몇 시간을 그렇게 보냈다. 항암을 오래 하면서 손등과 팔에 더 이상 주사바늘을 꽂을 곳이 없어졌다. 그래서 가슴에 케모포트를 삽입하는 수술을 받았다. 오른쪽 가슴 위쪽에 불룩한 버튼 같은 것이 툭 튀어나와서 더 이상 파인 옷을 입기 힘들게 되었다. 괜찮다. 옷장을 완전히 바꿔버렸으니까. 예전보다 두 사이즈는 더 커졌지만, 형형색색의 옷들, 평소에 입지 않는 스타일의 옷들, 최근 유행하고 있다는 아이템들까지 나는 다 갖췄다. 명품 모자를 쓰고, 현란한 셔츠를 걸치고, 잘 빠진 슬랙스를 입고, 새로 산 구두를 또각또각 신고 항암을 받으러 갔다. 3기 치료를 받을 때는 운동복인지 잠옷인지 알 수 없는 시커먼 것을 걸치고 다니다가 4기 치료가 시작되자 화려하게 차려입고 등장한 나를, 간호사들은 신기해했다. 아니, 헷갈려했다. 병원에서 종종 마주치며 인사를 주고받던 환자가 어느 날 나한테 물었다.

"너무 부러워요! 이렇게 화장도 하시고, 옷도 잘 입고 다니시고, 남편분이랑 오시면 계속 얘기 나누며 웃으시고. 뭔가 아우라가 달라진 게 느껴져요. 치료가 결과가 엄청 좋은가 봐요?"

어떻게 대답해야 하나 고민을 했다.

"아뇨, 전혀요. 지난번에 뵀을 때만 해도 3기 치료를 받고 있었는데 갑자기 4기가 되었어요. 암이 결국 양쪽 폐로 전이됐다고 하더라고요. 그래서 폐 일부를 절제하는 수술을 받았어요. 너무 하기 싫었던 케모포트도 결국 수술해서 심었어요. 보시다시피 머리도 다 빠졌고요. 근데 오히려 그렇게 되니까 갑자기 화장도 하고 싶고, 옷도 잘 입고 싶고, 사람들이랑 수다도 떨고 싶어지더라고요. 하하하, 저 미친 거 같죠!"

그는 나를 정말 미친 사람처럼 쳐다봤다.

조금씩 다시 거울을 볼 수 있게 되었다. 몸에 있는 수술 흉터들을 만질 수 있게 되었다. 그러면서 갑자기 여행도 가고 싶어졌고, 좋은 레스토랑에 가서 밥도 먹고 싶어졌고, 친구들과 만나서 몇 시간씩 수다도 떨고 싶어졌다. 참 희한한 일이었다. 오랜만에 만난 친구들도 어떻게 반응해야 할지 몰라서 의아해했다. 몇 달간 연락이 끊겨서 걱정했는데, 오랜만에 만났더니 삐까뻔쩍하게 차려입고 나타나서 웃으며 한다는 말이 이제 정말 죽을지도 모른다, 그런데 새로 산 내 백 정말 예쁘지 않냐, 라니.

분명히 내 상황은 더 안 좋아졌다. 생존율은 현저하게 낮아졌고, 치료 강도는 훨씬 더 높아졌고, 몸은 더욱 만신창이가 되어갔다. 4기 치료가 지속될수록 몸이 점점 안 좋아지는 것이 느껴졌다. 백혈구 수치가 너무 낮아져서 백혈구 촉진제를 거의 매일 맞지 않고서는 치료를 지속할 수 없게 되었다. 음식을 소화하기가 점점 힘들어졌다. 항상 더부룩한 느낌으로 산 지 몇 년은 된 것 같았다. 면역 항암제의 부작용으로 온몸이 가려워서 자다가 일어나 피가 날 때까지 벅벅 긁었고 피부는 과연 복구가 가능할지 의심스러울 정도로 엉망이 되었다.

그런데 이상하게 기분은 좀 더 나아졌다. 헛된 희망 같은 것을 품지도 않고, 더 이상 무한 긍정주의를 믿지도 않는다. 끝이 없을 수도 있다는 것을 잘 알고 있다. 그것을 인정하면서 잠시 멈추었던 내 삶이 조금씩 다시 흐르기 시작했다.

오늘은 항암 갈 때 무슨 옷을 입을지, 거울을 정면으로 바라보며 행복한 고민을 해본다.

런던 하이드파크에서 만난 사람들

남편은 영국 회사를 다녀서 런던 출장이 1년에 대여섯 번 정도 있다. 그런데 내가 치료받기 시작한 이후부터 한 번도 런던으로 출장을 가야 한다는 얘기가 없길래 궁금해 물어봤더니, 나를 혼자 두고 어디 멀리 가는 것이 불안해서 모든 출장을 거절하고 있었던 것이다. 내 인생이 정체되어 있다고 남편의 커리어까지 정체시키기는 싫었다. "내가 같이 가면 되겠네!" 간단한 결심이면서도 꽤 큰 결심이었다. 투병 이후 처음으로 하는 장거리 여행이라 발생할 수 있는 모든 사태에 대비해야 했다. 캐리어의 절반은 약봉지였다. 면역 체계가 바닥이라 감기라도 걸리면 큰일 나기 때문에 옷도 묵직하게 많이 챙겼다. 비상 상황 발생시에 런던에서 방문할 수 있는 병원들을 미리 알아봤다. 몸에 무리가 가면 안 되기 때문에 시차 적응은 그냥 하지 않기로 했다. 내가 자고 싶은 시간에 자고 일어나고 싶은 시간에 일어날 것이다.

이런 리스크를 감수하면서까지 가고 싶었던 이유는 새로운 환경이 필요했기 때문이다. 투병이 길어지면서 주변의 모든 환경이 진절머리 나기 시작했다. 병원 로비의 불빛, 병원 엘리베이터 소리, 항암 병동의 냄새, 집의 대리석 바닥 촉감, 창문을 열어두면 나는 새소리, 이따금 몰아치는 비와 축축한 습기, 집과 병원 사이의 모든 길목들, 싱가포르 여기저기 보이는 야자수들. 모든 것이 다 아픈 기억으로 물들어 있었고 더 이상 꼴도 보기 싫을 정도로 지긋지긋했다. 아픈 것이 직업인 병자에게도 병으로부터의 휴가가 필요했다.

더군다나 런던은 나와 남편의 추억이 많은 곳이다. 내가 뉴욕에 있고 남편이 싱가포르에 있으면서 1년간 롱디로 연애를 이어나갈 때, 우리는 런던에서 자주 만났다. 연애하던 시절, 내가 가장 아름답던 시절, 우리가 가장 치열하게 살았던 시절, 런던이라는 도시는 젊음의 마지막 기억들을 간직하고 있는 곳이었다.

도착하고 이틀은 이유 없는 설사 때문에 방 밖을 나갈 수가 없었다. 셋째 날부터 기운을 좀 차리고 호텔 밖으로 나가 걸었다. 오랜만에 신은 앵클부츠의 굽이 보도블록에 부딪히며 경쾌하고 리드미컬한 또각또각 소리를 냈다. 시원한 타국의 공기를 들이마시자 갑자기 주체할 수 없는 감정이 온몸의 혈관을 타고 퍼졌다. 오랜만에 느끼는 자유였다. 암 판정을 받고 나는 혼자 있었던 적이 단 한 번도 없었다. 중증 환자가 되면서 항상 누군가는 내 곁을 지켜야 했다. 그 돌봄에 한없이 감사했지만 누군가가 돌봐줘야 하는 존재가 돼버렸다는 사실은 늘 독립적으로 살아온 나에게는 어울리지 않는 옷을 강제로 입은 느낌이었다. 하지만 결국 그 옷에 익숙해져버렸다. 런던의 길거리를 홀로 걸으면서 잊고 지내던 '자유'라는 단어가 나를 다시 찾아왔다. 부축 없이 걸을 수 있는 자유, 콧줄 없이 숨 쉴 수 있는 자유, 마음 먹은 대로 무엇이든 할 수 있는 자유. 걸으면서 조금 울었던 것 같다.

남편이 일하러 나간 아침과 낮에는 주로 런던의 수많은 미술관들에서 시간을 보냈다. 인간이 한 생을 살면서 남길 수 있는 위대한 업적은 많지 않다. 아무리 많은 돈을 남겨봤자 시공간을 초월하지 못하는 한계가 있다. 하지만 그림은 다르다. 몇백 년, 몇천 년이 지나도 미술 작품을 보는 사람의 감정을 일깨운다. 죽은 사람이 산 사람에게 말을 걸고, 위로를 하고, 행동하게 하는, 시간을 초월하는 매개체이다. 그래서 미술관을 좋아한다. 특히나 고전 작품들을 보고 있으면 너무 무서운 존재였던 시간이 조금 덜 무서워진다. 1405년에 태어나 생전에는 전혀 인정받지 못하고 1428년에 안타깝게 요절한 젊은 화가나, 1600년경에 태어나서 많은 작품을 남기고 장수하여 1681년에 죽은 화가나, 2022년 현재는 모두 죽었다는 사실이 나에게 묘한 위로가 된다. 나에게만 유독 가혹하게 느껴지는 시간이 결국 마지막에는 모두에게 공평하다는 사실이 위로가 된다.

점심으로 먹을 샌드위치를 사서 하이드파크로 갔다. 하이드파크는 런던 중심부에 있는 큰 공원으로, 뉴욕에 센트럴파크가 있다면 런던에는 하이드파크가 있다. 하지만 개인적으로 센트럴파크와는 꽤 큰 차이가 있다고 생각한다. 모두 알다시피 런던 날씨는 좋은 편이 아니다. 하루 정도 해가 반짝 났다가 일주일 내내 비가 오는 경우가 허다하다. 그렇기 때문에 날씨 좋은 날 하이드파크에 나온 사람들에게는 일종의 절실함 같은 것이 있다. 해가 있을 때 무조건 나와서 아름다운 날을 만끽하리라 마음먹은 사람들의 처연함 같은 것이 있다. 이날이 딱 그랬다. 보기 드문 새파란 하늘에 뭉게구름이 곳곳에 아름답게 자리 잡고 있었다. 런던 주민들은 당분간은 못 볼지도 모를 햇빛을 즐기기 위해 하이드파크에 모여서 피크닉을 하거나, 책을 읽거나, 자전거를 타고 있었다.

연못이 잘 보이는 벤치에 자리를 잡고 샌드위치를 먹은 다음 가져온 책을 읽기 시작했다. 영국 출신의 세계적인 화가 데이비드 호크니 화집이었다. 호크니는 코로나 시절 노르망디 자택에 갇혀 지내면서 겨울의 끝자락부터 봄의 만개까지 약 90일간 매일 자기 집 정원을 그렸다. 그렇게 『2020년 노르망디, 봄의 도착(The Arrival of Spring in Normandy, 2020)』이라는 시리즈가 완성되었다. 대단한 서사가 있는 작품들은 전혀 아니다. 정원에서 바라보는 엇비슷한 풍경을 아침에 그리기도 하고, 그림자가 길게 드리워진 저녁 시간에 그리기도 하고, 수북이 내린 눈이 하얗게 빛나는 밤에 그리기도 했다. 한곳에 머무르는 사람의 눈에만 보이는 것들이 있다고 호크니는 말하고 있는 것 같았다. 앙상한 나뭇가지에서 아주 조금씩 피어나는 새싹들, 아주 미세하지만 조금씩 달라지는 땅의 채도, 얼음이 녹으면서 아주 조금씩 들려오는 물방울 소리. 머무르지 않는 사람은 보고 느끼지 못하는 것들이 세상에는 많다. 쉴 틈도 빈틈도 없이 달려온 나도 병 때문에 머무르기 시작하면서 비로소 보이기 시작한 것들이 분명 많았다. 페이지를 넘길수록 봄의 기운이 조금씩 스며들기 시작하더니 어느 순간 봄내음이 휘몰아치기 시작했고 마침내 봄의 절정에 다다랐다. 책의 제목 그대로, 노르망디에 봄이 활짝 왔다.

누군가 벤치 옆 빈자리에 앉아도 되겠냐고 물어온다. 검은 수염을 멋지게 기른 50대 정도로 보이는 남자였다. 앉아서 각자 책을 읽은 지 10분 정도 지났을까, 연못가의 거위가 내가 남긴 샌드위치 부스러기를 먹기 위해 공격적으로 돌진하자 남자가 도와주었다. 거위를 같이 무찌르고 우린 한참을 웃다가 이야기를 나누기 시작했다. 남자는 런던에서 큰 사업체를 운영하는 사람이었다. 지금은 사업이 자리를 잘 잡아가고 있지만 본래는 레바논 출신으로, 그가 열한 살이 되던 해에 내전이 일어나면서 가족이 영국으로 망명했다. 하지만 레바논의 전시 상황보다 더 끔찍했던 것은 영국의 학교생활이었다. 전쟁 뉴스로 도배된 중동의 나라에서 온 감수성 예민한 청소년에게 영국 생활은 호락호락하지 않았다. 영국 사람들은 그를 중동인이라고 했고, 중동 사람들을 그를 영국인이라고 했다. 때로는 양쪽에 소속되기 위해 가면을 썼고 때로는 어디에도 소속되고 싶지 않아서 모두를 밀쳐냈다. 삶의 중요한 순간들에 정체성 문제가 그를 괴롭혔기에 외로운 젊은 시절을 보냈고 이후에 마약과 도박에 손을 대면서 인생의 밑바닥까지 갔다. 그 바닥에서 지금의 아내가 그에게 손을 내밀었고, 그렇게 그는 누군가의 남편이자 누군가의 아버지라는 본인의 정체성을 다시 만들어 갔다.

암 환우들, 특히 젊은 환우들이 힘들어하는 것이 바로 정체성이다. 어떠한 삶을 살아왔건 투병을 시작하는 순간부터 병이 자신의 정체성이 된 것처럼 느껴진다. 주위 사람에게 우리는 비운의 아이콘이다. 우리에 관한 이야기는 대게 '건강 관리 잘하자' 같은 덕담으로 마무리된다.

어떤 삶을 얼마나 치열하게 살아왔든 마지막 실패로 우리의 색깔이 정해지고 칠해질 때가 있다. 사실 병뿐만이 아니라 모든 종류의 실패가 마찬가지다. 회사를 잘 다녔는데 사업을 벌였다가 실패한 사람은 '대기업을 퇴사하지 말아야 하는 이유'의 표본이 되고, 여행을 가서 큰 사고를 당한 사람은 '후진국에 여행을 가지 말아야 하는 이유'의 표본이 된다.

그것에 맞서 혼자 저항하는 것은 매우 어려운 일이다.

'아픈 사람'이라는 정체성이 나를 거의 집어삼켰을 때, 내가 어떤 사람이었고 어떤 삶을 살아왔는지 기억을 일깨워준 것은 주위 사람들이었다. 정체성을 되찾는 것은 온전히 내 몫이었지만 그 불씨를 지펴준 것은 옆에 있는 사람들이었다. 외로운 저항을 하고 있는 사람이 주위에 없는지 잘 둘러봐야 하는 이유다. 남자는 거래처와 미팅이 있어서 가봐야 한다며 일어났다. 우리는 서로의 앞날을 응원하며 작별 인사를 했다.

공원 내 화장실에 들렀는데, 유럽 화장실답게 유료였다. 현금은 받지 않고 신용카드를 찍으면 결제가 되면서 문이 자동으로 열리는 형태였다. 문 앞에 화장실이 급해 보이는 백발 할머니가 있었다. 카드도 애플페이도 구글페이도 없는 자기 같은 사람은 어떻게 들어가냐며 애꿎은 화장실 문짝에 하소연 중이었다. 코로나 시절 QR코드 같은 것을 전혀 할 수 없어서 아무 데도 못 갔던 할아버지가 생각났다. 기술 발전은 이렇게 꼭 사각지대를 발생시킨다. 할머니에게 내 카드를 빌려드렸다. 한쪽 다리가 불편해 보이는 할머니는 몇 번씩이나 고맙다고 하며 화장실 구석 칸으로 쩔뚝이며 들어갔다. 화장실에서 나온 우리는 같은 방향으로 걸으며 이야기를 나누었다. 할머니는 브라이튼이라는 영국 남부 도시에 살고 있는데, 딸을 만나러 런던에 들렀다. 온 김에 전시회를 보려고 여러 곳을 찾아갔지만 모두 현장 발권은 하지 않고 인터넷으로만 미리 입장권을 신청해야 한다고 했다. 온종일 허탕만 치다가 지쳐서 쉬러 온 공원에서는 화장실조차 들어갈 수 없었다. 젊은 시절에는 빠릿빠릿하게 우편을 배달하던 몇 안 되는 여성 집배원이었는데도 세상은 너무나 빨리 바뀌었고 그 속도를 따라갈 수 없었다. 남편이 세상을 떠나면서 할머니의 속도는 더 느려졌고, 몇 년 전 다리 수술을 받으면서는 더더욱 느려졌다. 그리고 오늘 같은 날, 세상은 할머니가 뒤처져 있다는 것을 굳이 한 번 더 상기시킨다.

투병 초기에는 암보다 세상과 멀어지는 것이 더 무서웠다. 세상이 시속 100km로 나아가고 있으면 나는 늘 120km로 달려야 마음이 편했다. 20km의 차이는 여유가 아닌 필수였다. 그런데 갑자기 사고가 나서 기한도 없이 정차하게 되었다. 영원히 그 자리에 그대로 있어야 할 수도 있단다. 그럴 수는 없었다. 항암 때문에 정신이 몽롱한 와중에도 아침부터 밤까지 활자 중독자처럼 시사 뉴스, 업계 뉴스, 교육 콘텐츠 등을 닥치는 대로 읽었다. 가족들은 내가 단순히 시간을 보내기 위해 그런다고 생각했지만 사실 나는 뒤처지지 않기 위해 몸부림을 치고 있었다. 이 집착을 버리게 된 결정적 계기는 특별히 없다. 다만 저녁 밥상에서 시작되었던 것 같다. 저녁만큼은 남편, 엄마, 아빠, 나 이렇게 넷이서 모여서 집에서 먹었고 하루 중에 유일하게 내 세상에만 갇혀 있지 않고 이야기를 나누는 시간이었다. 자주는 아니지만 가끔은 웃었다. 내 세상이 당장 내일 끝난다면 가장 중요한 사람들은 이 세 사람이었다. 이 세 사람이 곧 나의 세상이었고 내가 집착해야 할 세상은 밖이 아니라 이 밥상 앞에 있었다. 우주는 저 멀리 있는 것이 아니라 내 앞에 계속 존재해왔던 것이다. 공원 입구의 잔디밭에서 할머니와 작별 인사를 했다. 할머니의 목적지도 전혀 모르면서 혹여라도 길을 잃을까 봐 뒷모습을 오래 보고 발길을 돌렸다.

저녁 시간대에 가까워지면서 날씨가 서늘해지기 시작했다. 언제 다시 좋은 날씨를 만끽할 수 있을지 알 수 없기 때문에 그곳을 못 떠나는 런던의 수많은 사람들 사이에, 언제

다시 올 수 있을지 알 수 없기에 못 떠나는 내가 있었다. 혹시라도 마지막이 될까 봐 시야에 닿는 이 공원의 모든 것들을 눈에 그득히 담아둔다.

가을에 접어든 런던도 곧 겨울을 맞이할 것이다. 지금의 내 인생이 이미 겨울이라고 믿고 싶지만, 혹시라도 지금이 가을이고 이보다 더 춥고 혹독한 겨울이 올까 봐 두렵다. 저무는 해를 바라보며 다시 호텔로 걸어갔다.

걸으면서 조금 울었던 것 같다.

D-Day : 궤도 이탈

　오지 않았으면 했던 날이 결국 왔다. 이날의 결론이 어떻게 날지, 대화가 어떻게 흘러갈지, 어떻게 대응할지, 이미 지난 몇 달간 머릿속에서 수백 번이나 정교한 시뮬레이션을 돌려봤다. 시뮬레이션의 결과는 언제나 실패였다. 1000번을 돌려봐도 999번을 실패했고 딱 한 번 정도만 실패도 성공도 아닌 '모르겠음'으로 마음속에 남겨두었다. 그래서 막상 D-Day가 다가오니 생각보다 덤덤했다. 지난 1년간 현대 의학으로 할 수 있는 모든 치료를 다 했다. 더 이상 치료할 수 있는 상태도 아니었다. 허공을 충분히 떠돌았다. 이 여행을 여기서 중단할지, 계속 해나갈지 결정해야 하는 순간이 왔다. 이미 지난 몇 주간 거울을 보면서 연습했다. 암이 더 퍼져 있다면, 더 많은 항암제를 쓰자고 한다면, 새로운 임상 실험을 해보자고 한다면 '저는 더 이상 치료를 받지 않을래요'라고 말할 수 있는 용기를 얻기 위해, 맹연습을 해왔다. 포기하는 것은 아니었다. 사실 그 반대였다. 남은 내 인생을 지키기 위한 결정이었지, 포기하는 결정이 절대 아니었다.

검진 결과를 들으러 병원에 가는 길은 평소와 같으면서도 평소와 유난히 달랐다. 연말을 맞아서 크리스마스 장식이 여기저기 보였다. 이 나라에 산 지 8년이 되었지만 열대의 크리스마스는 여전히 적응이 안 된다. 지난 몇 년간 시끄럽게 계속되던 지하철 공사가 끝나 있었다. 언제 끝났지? 대만에서 유명하다는 음식점이 새로 들어왔구나, 가보고 싶다. 나무에 드디어 분홍색 꽃이 피었네, 아니 원래 있었나?

세상의 모든 잡생각은 존의 진료실에 들어가면서 중단됐다. 마음의 준비는 충분히 했다. 담담했다. 미련 없었다. 그럼에도 운명 앞에는 어쩔 수 없이 고개가 계속해서 숙여졌다. 약간의 정적 이후 존이 입을 열었다.

"제니, 고개 들고 이거 좀 봐요. 폐에 있던 암이 없어졌어요. 자세히 봐도 없네요. 일반 항암은 하나도 안 듣더니, 면역 항암제에 드디어 암이 없어지네요! 앞으로 2~3년간 더 치료를 해봐야겠지만 이건 기적 같은 일이에요."

시뮬레이션에 이런 결말은 없었기에, 제어장치에 갑자기

오류가 생겼다. 그냥 덤덤했다. 눈물도 한 방울 나오지 않았고 아무런 생각도 들지 않았다. 그저 집에 가서 깊은 잠에 들고 싶다는 생각뿐이었다. 병원을 나오자, 남편은 벤치에 앉아 흐느꼈다. 택시는 아무래도 내가 불러야 할 것 같았다. 기다리고 있을 가족과 친구들에게 담담하게 소식을 전했다. 그들이 전달하는 감정의 폭발에 어떻게 대응해야 할지 알 수가 없었다. 전화해서 소리를 지르는 사람부터, 아무 말 없이 꺽꺽 우는 사람까지, 모든 것이 너무 이질적이었다. 내 안에는 느낄 수 있는 감정이 더 이상 남아 있지 않았다. 지난 1년간 모든 것이 배출되어 남은 것이 없는 상태였다. 우주의 끝자락까지 오지 않았는가. 이곳은 어둡고, 춥고, 아무것도 없었다.

투병 내내 주위 사람들은 나에게 돌아올 수 있다는 희망을 이야기했다. 빨리 나아서 예전처럼 같이 여행을 다녔으면 좋겠다, 빨리 나아서 예전처럼 같이 회사에서 불평불만을 늘어놓았으면 좋겠다, 빨리 나아서 예전처럼 너가 별것도 아닌 일이 화를 내면 너무나 좋겠다. 언제나 돌아오는 것이 목표였다.

암 판정을 받은 순간부터 나는 돌아가야 한다는 강박관념에 사로잡혔다. 큰 시련 앞에서 인간의 가장 큰 본능은 회귀 본능이다. 이 시련을 버티면 다시 돌아갈 수 있을 거야, 이 난관만 넘으면 다시 내 자리를 찾아갈 거야, 지금은 힘들지만 결국에는 다시 내 궤도로 돌아갈 거야. 암을 처음 판정받는 수많은 사람들이 하는 가장 가슴 아픈 질문은 '다시 예전으로 돌아갈 수 있겠죠?'였다.

궤도를 완전히 이탈한 후 1년의 시간이 흘렀다. 내가 있던 곳으로 돌아갈 수 있을지 막막했다. 예전의 그곳이 아직 존재하는지도 의문이다. 존재한다면 돌아가는 것이 맞는지도 잘 모르겠다. 돌아가는 길의 지도는 없었다. 돌아갈 수 있을까라는 의문이 들었던 이유는 여러 가지다.

일단 나는 나 자신을 더 이상 알아볼 수 없게 되었다. 지난 1년간 생존이 목표였지 삶이 목표였던 적은 없었다. 생존을 하던 내 모습은 익숙한데 삶을 살아가던 내 모습은 전생처럼 아득했다. 항암 후유증으로 몸도 움직이기 힘들었고 몸이 아프니 조금만 힘들어도 우울감과 짜증이 폭풍처럼 몰려왔다. 전 세계를 누비던 모습은 온데간데없이 물컵을 들 힘도 없어서 빨대로 물을 마셔야 하는 사람이 되었다.

그리고 돌아가야 할 곳이 일부 없어지기도 했다. 글로벌 빅테크 회사들은 상황이 안 좋아지면서 대규모 인원 감축과 고강도 구조조정을 진행하는 중이었다. 우리 회사도 예외가 아니었고, 우리 부서도 예외가 아니었으며, 나도 예외가 아니었다. 맡고 있던 부서가 구조조정으로 없어지면서 돌아갈 곳이 사실상 사라져버린 것이다, 그것도 불과 몇 주 전에. 돌아간다고 한들, 어디서 어떻게 시작해야 할지 전혀 알 수 없었다.

무엇보다 치료가 완전히 끝나서 아무 일도 없었던 것처럼 돌아갈 수 있는 상황도 아니었다. 4기 암은 4기 암이다. 이미 암은 내 핏줄을 타고 몸을 몇 바퀴씩 자기 멋대로 돌았을 것이다. 언제 어디서, 어떤 방식으로 다시 그 발톱을 드러낼지 알 수 없었다. 면역 항암제와 표적 항암제 치료를 앞으로 몇 년은 더 해야 했다. 이제 정말 이 질병과 함께 공존하는 방법을 찾아야 하는 것이다.

병원에서 온 후 나는 아무와도 대화하지 않았다. 그리고 정말 깊은 잠이 들었다. 눈을 떴을 때는 새벽 5시였다. 아직

밖은 깜깜했다. 갑자기 1년 만에 자전거를 타고 싶다는 생각이 들었다. 나는 무거운 몸을 이끌고 밖으로 나왔다. 침대에서 오랜 시간을 보낸 탓에 근육이 다 빠져서 계단조차 올라가기 버거웠다. 자전거를 세우고 제대로 가기까지 몇 번을 넘어졌다. 허벅지가 찢어질 것 같은 고통이 왔다. 고요한 새벽임에도 불구하고 내게는 바깥의 소리가 너무 크게 느껴졌다. 바다까지 가는 길을 모르겠어서 핸드폰의 지도 앱을 켰다. 간밤에 충전을 제대로 안 하고 잠든 바람에 배터리가 5퍼센트밖에 남지 않았다. 젠장. 돌아올 때를 위해서 남겨둬야 할 것 같아 핸드폰을 쓸 수 없었다. 그냥 감이 이끄는 대로 바닷가로 가보기로 한다.

　새벽바람이 얼굴에 기분 좋게 닿았다. 나는 바다가 보이는 방향으로 달렸다. 그사이에 집 근처에 새로운 꽃집이 생겼구나. 사장님이 분주하게 꽃에 물을 주고 있었다. 마리나 베이 물 위에 공처럼 둥둥 떠 있는 것 같은 애플 스토어도 처음으로 제대로 볼 수 있었다. 공원 양쪽의 야자수 나무도 그날따라 더 늠름해 보였다. 조금 더 가보니 큰 연못이 있고 보라색 연꽃들이 활짝 피어 있었다. 꽃과 나무를 따라가다 보니 가든스 바이 더 베이 공원이 나왔다. 열대 나무와 꽃이 한 가득 위용을 뽐내고 있었다. 공기가 약간 달짝지근한 것도 같다. 공원 직원이 골프 카트를 타고 와서 자전거 전용도로가 아니니 나가라고 했다. 급하게 빠져나와 다시 바다가 보이는 곳으로 무작정 페달을 밟았다.

숨이 턱까지 차서 더 이상 못 갈 것 같을 때, 바닷가 둑에 도착했다. 어둠 속 짙은 파란색 위로 불빛이 반짝였다. 바다라기보다 우주 같은 느낌이었다. 배터리가 3퍼센트 남은 휴대폰으로 위치를 파악했다. 30분이면 올 거리를 두 시간 걸려서 왔구나. 조금 무식한 루트였지만, 자전거를 타고 바다까지 오면서 나는 무언가 조금씩 채워지고 있음을 느꼈다. 어제는 텅 비었던 곳에 무언가가 찰랑찰랑 차오르고 있었다.

바다를 보고 있으니 분명해졌다. 예전으로 돌아갈 수 없다는 것을 나는 이제 알고 있다. 예전의 나는 더 이상 존재하지 않는다. 앞으로 내가 걸어야 할 길은 그 누구도 걸어본 적이 없는 길이다. 데이터도 없고, 정답도 없고, 지도도 없다. 영구 궤도 이탈이 발생한 것이다. 그렇지만, 괜찮다. 돌아갈 수 없으면 그냥 앞으로 나아가면 되니까. 오랜 시간 만들어진 내 궤도의 관성을 뿌리치고, 새로운 궤도를 만들어가면 될 뿐이다. 계획했던 대로, 상상했던 대로, 염원했던 대로 인생이 풀리지 않았다고, 궤도를 이탈했다고 절망하고 슬퍼할 이유도 없고 시간도 없다. 돌아갈 곳이 없어졌으면 그냥 앞으로 나아가면 된다. 단순하다.

둑에 앉아서 바다를 바라보며 한참을 쉬었다. 한 치 앞도 나아갈 수 없을 것 같았는데 쉬고 나니 다시 기운이 생겼다. 핸드폰 배터리는 이제 0퍼센트가 되면서 완전히 까만색으로 꺼져버렸다. 집으로 다시 돌아갈까 했는데 이제 그럴 필요가 있나 싶다. 지도도, 계획도, 아무것도 없는 상태에서 페달을 밀며 앞으로 나아간다. 한 번도 가본 적 없는 곳으로 가봐야겠다.

휴스턴, 문제가 생겼다. 영구 궤도 이탈이다. 가던 길 계속 간다. 오버.

지루한 결정

  1년 만에 돌아온 회사에서 나를 가장 처음으로 맞아준 것
은 책상 위에 놓여 있는 작은 쪽지였다. 종이 색이 약간 바랜
것을 보니 최근에 놓고 간 건 아닌 것 같았다. 딱지처럼 잘
접혀 있던 쪽지를 풀어서 꼬깃꼬깃한 종이에 쓰여 있는 손
글씨를 읽었다.

  제니, 당신한테 가장 힘이 되어줘야 하는 이 순간에 떠나
게 돼서 미안해요. 회사 생활을 하면서 힘든 일도 정말
많았는데 그때마다 난 당신이라면 이 일을 어떻게 헤쳐
나갔을까 늘 생각했어요. 다 잘되기를 기도할게요.
  당신을 응원하는 친구, P.

  내가 휴직하고 있던 동안 회사 동료 P가 미국의 다른 부
서로 이동하게 되었다. 그녀와 나는 6년 전 비슷한 시기에

입사했고, 우리 둘만 유일하게 업계 경력이 전혀 없이 들어온 사람들이라 서로 의지를 많이 했다. 그녀가 선물로 놓고 간 쿠키는 유통기한이 한참 지나 있는 상태였다. 내가 내 책상으로 돌아오는 데에 이렇게 오래 걸릴 것이라고는 그녀도, 나도 생각하지 못했다. P의 쪽지는 내가 왜 회사로 돌아오기로 결정했는지를 상기시켜주었다.

사람들은 내 인생이 마치 인생 2회차물의 주인공과 같을 것이라고 생각한다. 인생 2회차물이 쏟아지는 시대에 살고 있기는 하다. 중년의 아줌마가 젊은 시절로 돌아가서 인생을 다시 살기도 하고, 재벌의 노예로 살던 회사원이 재벌집 아들로 다시 태어나기도 하고, 말기 암 환자였던 여자가 과거로 돌아가 바람피운 남편과 친구를 응징하고 멋진 인생을 살아간다.

모두가 재밌게 시청하고 있겠지만, 확실히 나 같은 사람에게는 생각지 못한 폐해로 다가온다. 왜냐하면 인생 2회차에서 '잘 사는' 기준이 너무나 높아져버렸기 때문이다. 세상을 움직일 만한 의미 있는 일을 해내거나, 재벌이 돼버리거나(혹은 재벌과 결혼하거나), 잃어버렸던 무언가를 되찾아 완전히 새로운 인생을 개척하는 정도는 해줘야 한다. 인생 2회차라면 말이다.

그렇기 때문에 다니던 회사에 고스란히 복직하기로 한 결정에 대해 많은 주위 친구들이 말리다 못해 분노를 해댔다. 지루하디지루한 결정이기 때문이었다. 하다못해 별일도 아닌 사유로 퇴사하고 세계 여행을 하면서 책을 내는 사람도 많은 이런 시대에, 왜 바보같이 1회차 인생을 살기로 했는지 모두 의아해했다. 남은 삶을 좀 더 의미 있게 살고 싶지 않냐, 이번 기회에 평소에 관심 있던 예술 쪽 일을 하는 것이 어떠냐, 일 시작하기 전에 세계 여행 정도는 가줘야 하는 것 아니냐, 완전히 다른 커리어를 계획해보는 것은 어떠냐 등 의견이 너무 많았다. 심지어 네가 하는 일이 뭐 그렇게 대단한 일이라고 복직을 고집하냐고 걱정을 넘어 다그치기도 했다.

틀린 말들은 아니었다. 그래서 내 결정에 실망한 기색들이 역력했다. 나에 대한 실망이라기보다, 우리 중에 누군가 드디어 인생 2회차의 황금 찬스를 가까스로 얻었는데 인생 1회차 시절로 뚜벅뚜벅 걸어간 것에 대한 실망이었다. 드라마들이 선사해주는 대리 카타르시스 같은 것은 없었다. 이것은 드라마가 아니라 시청률 한 자릿수가 겨우 나오는 지루하디지루한 다큐였다. 그들의 심정을 충분히 이해한다. 하지만 그들이 모르는 것이 몇 가지가 있다.

투병 중에 가장 큰 힘이 되어준 사람들은 나와 함께 일을 했던 사람들이다. 우울해서 밥조차 먹기 힘들었던 시기에 오만가지 음식을 해다가 우리 집에 쌓아두거나 자기가 가장 좋아하는 레스토랑의 음식을 테이크아웃해서 우리 집 밖에 조용히 놓고 갔다. 집 전체를 도서관으로 만들고도 남을 정도의 책들이나, 온 집 안을 태우고 남을 정도의 향초를 보내주기도 했다. 내가 가장 좋아하는 영화의 가장 좋아하는 문구를 거대한 포스터로 만들어서 집 벽에 붙여놓고 갔다.

몇 달간 답을 하지 않아도 계속해서 내 생각을 하고 있다고, 응원을 하고 있다고, 일 걱정은 하지 말라고, 오뚜기처럼 메시지를 보내왔다. 병원에서 함께 시간을 보내기도 했다. 내가 앉아서 항암을 하는 동안 그들은 노트북을 펼쳐놓고 일을 했다. 특별한 대화는 필요 없었다. 지루하디지루한 그 시간을 많은 동료들이 함께 견뎌주었다. 그 시간이 헛되지 않았음을, 나는 간절하게 보여주고 싶었다.

투병의 가장 깊고 어두운 골짜기에서 완전히 잃어버린 내 자존감을 조금씩조금씩 밝혀준 것은 일에 대한 좋은 기억들이었다. 사실 나는 끊임없이 허무주의와 싸워야 했다. 이놈은 밤만 되면 찾아왔다. 항암의 고통 때문에 땀을 뻘뻘 흘리며 이를 악물고 있는 나에게 어김없이 찾아와 내 귀에 대고 속삭였다. 뭘 위해 그렇게 열심히 일을 했냐? 네가 한 일이 다 무슨 의미가 있냐? 왜 그렇게 아등바등 살았냐? 그 질문들에 대한 답은 내가 시간을 가장 많이 보냈던 일터의 기억들에 있었다.

내일 있을 고객사 프레젠테이션 준비가 잘 풀리지 않아 밤 11시에 머리를 뜯고 있는 나를 지나치지 않고 같이 새벽 3시까지 일했던 기억. 도저히 답이 없을 것 같은 복잡한 문제를 같이 부수고, 다시 쌓고, 다시 부수고, 쌓아 올리면서 꽤나 멋진 작품을 만들어낸 기억. 도움이 절실히 필요한 고객사에 한밤중에 야식을 사 가서 밤을 새워 같이 노력을 쏟아부은 기억. 남들에게 자랑할 만한 화려한 성과들보다 남들에게 이야기조차 할 필요 없는 평범하고 지루한 그 순간들이, 나는 너무 그리웠다. 그 순간들을 간절하게 다시 느껴보고 싶었다.

요란하지 않게, 화려하지 않게, 과하지 않게. 지루하다지루하게, 일을 다시 시작하고 싶었다. 그래서 내가 회사에 돌아오는 날을 아무에게도 공지하지 않고 덜렁 나타났다. 꽃바구니를 사겠다는 둥, 샴페인을 가져오겠다는 둥, 다 같이 모여서 인사하러 오겠다는 둥, 그 요란스러움이 싫었다. 내가 그리운 것은 지루하디지루함이기 때문이다.

1년 사이에 사람이 많이 바뀌어서 어차피 주변에서 나를 알아보는 사람도 다행히 많지는 않았다. 내 자리에 앉았다. 내가 1년 전에 급하게 떠나갔던 그 자리 그대로였다. 할 일이 빼곡히 적힌 누런 포스트잇도 그대로 있었고, 회사 로고가 적혀 있는 후드티도 그대로 의자에 걸려 있었고, 내가 아끼던 텀블러도 책상 위에 그대로 있었다. 마치 지난 1년간 나한테 일어났던 일이 내 상상 속의 일이라고 착각할 만큼 모든 것이 그대로였다. 나 빼고 모든 것이 그대로였다.

이메일이 7000개 정도 와 있었다. 제목만 봐도 지루해서 미쳐버릴 것 같은 이메일들이었다. 이제 이 7000개의 이메일을 처리해나가는 지루하디지루한 일상이 다시 시작된 것이다. 가장 오래된 이메일부터 열어보았다. 마치 오래된 책을 펼쳐보는 것처럼, 조심스럽게 천천히 읽어보았다. 내가 진행하다가 중단된 프로젝트에 대한 유관 부서의 불만 이메일, 내 직원에 대한 고객사의 따뜻한 칭찬과 감사 이메일, KPI를 채우지 못하고 있다고 쪼는 이메일, 컨퍼런스에 초청하는 이메일, 수신자가 잘못된 이메일, 모두 한데 뒤섞여 있었다. 이것이 바로 내가 그토록 그리워했던, 그리고 앞으로 소중히 여기며 살아갈 나의 지루하고도 지루한 일상이구나.

내가 어떻게 달라졌는지는 아직 잘 모르겠다. 더 강해졌을 수도 있고 더 약해졌을 수도 있다. 더 열심히 일할 수도 있고 덜 일할 수도 있다. 일을 더 사랑할 수도 있고 일이 싫어져버릴 수도 있다. 알던 방식으로 일을 할 수도 있고 완전히 새로운 방식으로 일을 할 수도 있다. 하나도 모르겠다. 결국 그 답을 알기 위해서는 일을 해보는 수밖에 없다. 다시 뛰어들어보는 수밖에 없다.

사내 메신저를 열고 바다 건너 P에게 메시지를 보냈다.

"Guess who's back."

건강을 잃으면 다 잃는 사회

새해가 되면서 신년 인사 문자가 쏟아지기 시작했다. 수많은 덕담 사이에, 압도적인 1위를 차지하는 것은 바로 건강과 관련된 것이다. '항상 건강하세요!' 같은 순한 맛도 있지만 종종 매운맛 덕담도 받게 된다. 지인이 보낸 문자가 그렇다. '돈을 잃으면 조금 잃는 것이고, 사람을 잃으면 많이 잃는 것이고, 건강을 잃으면 전부를 잃는 것이다. 건강하세요!' 지난 몇 년간의 상황에 대해서 얘기할 정도로 친한 사이는 아니고, 이렇게 1년에 딱 한 번, 신년에 문자 정도 주고받는 사이 이상도 이하도 아니다. 그러므로 이 사람은 내가 그 전부를 잃은 사람이라는 것을 전혀 모르고 있다. 그럼에도 불구하고 섭섭한 마음이 드는 것은 어쩔 수 없다.

특히나 암은 다른 질병과 다르게 사회적, 문화적, 도덕적인 코드와 얽혀 있다. 발암 캐릭터는 사람 속을 터지게 만든다. 사회의 암적인 존재들은 뿌리를 뽑아야 한다. 딱히 한국에만 존재하는 코드도 아니다. 미국에서 일할 때도 누군가 팀에 안 좋은 영향을 줄 때 'metastasize(암이 전이되다)' 같은 단어를 사용했다. 불길하고 해로운 무언가가 퍼지면서 주위를 파괴해갈 때 우리는 암을 소환한다. 심혈관 질환이나 치매에 대해서는 이런 표현을 쓰지 않으니, 좀 억울하다. 그리고 암은 그냥 자극적이다. 건강 관련 유튜브 썸네일만 봐도 '이 습관은 암을 유발합니다!', '이 방법으로 암을 완치했습니다!' 같은 의학적 근거가 전혀 없는 영상들이 폭발적인 조회수를 기록한다. 전부일지도 모르는 건강을 잃는 데 대한 공포에는 사회적인 코드가 존재하고 암은 그 최고봉에 있다.

질병을 싸워서 무찔러야 하는 대상으로 바라보는 사회적인 코드에도 문제가 있다. 의지와 긍정의 힘으로 암과 싸워서 이겼다고 주장하는 사람들은 현대 의학을 너무 우습게 보는 경향이 있다. 사람의 수만큼 다양한 암이 존재하기 때문에 그저 당신이 가지고 있는 암이 현존하는 항암제에 반응하는 유전적인 특성이 있었을 뿐이다. 병을 극복하지 못한 수많은 사람들이 의지와 투기와 긍정의 힘이 부족했던 것이 아니다. 질병을 없애야 하는 존재로만 본다면 나같이 만성으로 병을 안고 살아가는 사람들이나 장애를 안고 살아 가는 사람들은 설 자리가 전혀 없다.

여기에는 내재된 가정이 있다. 건강은 개인의 책임이기에 본인이 최선을 다해서 관리해야 하고, 전적으로 관리 가능하다는 가정이다. 건강하지 못한 사람은 관리를 못한 사람이고 사회에 기여하지 못하는 사람이 된다. 건강을 잃은 사람은 자극적인 스토리텔링을 위한 최고의 오브제다. 생활 습관이 안 좋았을까, 스트레스에 취약했을까, 운동을 안 했을까. 실험대 위에 묶어놓고 핀셋으로 여기저기 들춰본다.

건강을 잃으면 다 잃는다는 이야기가 더욱 비수가 되어 꽂히는 이유는, 그게 꼭 내 탓 같아서다. 이 사태를 막기 위해 내가 무언가를 할 수 있었다는 이야기니까. 잘못하고 있던 것을 바로 잡을 기회가 있었다는 말이니까. 그런데 정말 있었는지는 잘 모르겠다. 항암실에서 종종 마주쳤던 사람 중에 스핀 클래스 강사가 있었다. 그녀는 도저히 그곳에 있으면 안 될 정도로 건강해 보였지만 직장암 4기였다. 유방암이 뇌로 전이된 한 환자도 건강 요리 전문가이자 간헐적 채식주의자였다. 혈액암에 걸린 다섯 살짜리 아이는 무얼 잘

하거나 잘못했다고 평가하기에는 인생이 너무 짧았다. 우리 모두 정말 노력하면 막을 수 있었을까? 우리가 무언가를 잘 못한 걸까?

내가 본 환자들은 그저 열심히 살다가 어느 날 좋지 못한 운을 만난 사람들일 뿐이다. 경기도에서 자영업을 하는 현서 씨 같은 사람이다. 지난 10년간 자기 꿈을 이루기 위해 밤낮없이 달려온 사람이다. 지독한 항암을 하면서도 매장에 있는 직원들의 아침밥을 매일 챙긴 사람이다. 부산에서 두 아이를 홀로 키우고 있는 지선 씨도 그런 사람이다. 이혼 후 겨우 혼자 경제적으로 자리 잡은 시점에 불행을 만난 사람이다. 어린아이들이 엄마가 아프다는 것을 알게 하고 싶지 않아서, 아무리 몸이 힘들어도 웃으며 놀아주는 그런 사람이다. 우리는 그저 운이 나빴던 사람들이다. 그래서 덕담보다는 도움을 줄 수 있으면 좋겠고 연민보다는 응원을 해줬으면 좋겠다.

항암 치료 중에 기분이 울적해서 정말 오랜만에 친구를 만나 맥주를 마시러 갔다. 때마침 무척 더웠던 날이라 맥주가 너무 마시고 싶었고 의사도 한 잔 정도는 기분 푸는 데에 괜찮다고 거듭 이야기했다. 바에 도착했을 때는 너무 더워서 더 이상 가발을 쓰고 있을 수가 없을 정도였다. 달궈진 정수리부터 턱 끝까지 땀이 줄줄 흘렀다. 그래서 가발을 벗어던졌다. 완전한 민머리로 맥주를 벌컥벌컥 들이마셨다. 주위 사람들은 나를 쳐다보기 시작했다. 처음에는 신기하게 보다가 나중에는 만삭의 임산부가 술을 마시는 것처럼 걱정스럽게 쳐다보았다. 그리고 아니나 다를까, 어느 테이블에서는 건강을 잘 챙겨야 한다는 덕담이 오가기 시작한다. 생전 화내는 것을 본 적 없는 친구가 그 테이블로 저벅저벅 걸어가서 화를 냈고, 머쓱해진 우리는 그곳을 급히 나와버렸다.

어쩌면 내가 책을 쓰게 된 이유도 이와 관련 있을지도 모르겠다. 자격지심이라면 자격지심이고, 건강한 사람들에 대한 부러움이라면 부러움일 수도 있겠다. 하지만 건강을 잃는다고 전부를 잃지는 않는다는 것을 알고 있다. 오히려 전에는 보이지 않았던 것들이 눈에 들어온다. 우리 중에 운이 나빴던 사람들이 눈에 보인다. 내가 갖고 있는 최고의 자원인 시간이 눈에 들어온다. 그리고 그 시간을 어디에서, 누구와, 어떻게 사용해야 할지 분명한 윤곽이 보인다. 이런 게 보이지 않았더라면 제일 좋았을 것이다. 이런 책을 쓸 일이 없었더라면 제일 좋았을 것이다. 하지만 돌이킬 수는 없기에, 나는 저항해보기로 한다. 건강을 잃으면 다 잃는다는 사회에 대항해 열정적으로 저항하는 중이다.

이렇게 개인의 인과응보로 치부되는 것은 비단 질병뿐만은 아닐 것이다. 사회 저변에 다양한 방식으로 발현된다. 놀러 가서 사고를 당했으니, 놀러 간 사람의 탓이다. 위험한 상황에 제 발로 걸어 들어갔으니, 들어간 사람의 탓이다. 생각이 있었으면 그러지 않았을 것이고, 스스로 관리만 잘했더라면 그런 일은 없었을 것이다. 그래서 건강을 잃으면 전부를 잃는다는 사회는 이미 건강을 잃은 사회다. 가장 건강하지 못한 사회다.

최근에 휴대폰을 바꾸었다. 데이터 백업을 하던 중에 갑자기 네트워크에 문제가 생겨서 2020년 연말 시점에서 백업이 끊겨버렸다. 당시에 무슨 이야기들을 했는지 궁금해서 핸드폰을 살펴보다가, 내가 보냈던 충격적인 메시지를 발견했다. 눈을 몇 번씩 씻고 보고 또 봤다. 2021년 1월 1일에 나는 이런 메시지들을 보냈다.

"대표님 건강이 최고니까 건강 관리 잘하시고 새해 복 많이 받으세요."

"얘들아, 건강 잃으면 끝이야, 우리 나이도 있으니 다들 쉬엄쉬엄하자. 해피 뉴 이어!"

사람은 이렇게도 우스운 존재다. 직접 경험해보지 않은 것에 대해서는 모르는 존재. 똥인지 된장인지 꼭 찍어 먹어봐야 아는 존재. 뉴스에 나오는 그 얘기가 내 얘기는 아니겠지, 생각하는 존재. 허탈한 웃음이 깔깔 나왔다.

노을이 예쁜 날이다. 두 시간 후면 집에 친구들이 온다. 오늘은 다 같이 파스타를 해 먹기로 했다. 건강을 챙기는 사람인 척은 해야 할 것 같아서 특별히 유기농 채소를 잔뜩 사 왔다. 쨍한 색깔을 뽐내는 제철 채소들을 뿌듯하게 바라본다. 와인은 친구들이 사 오기로 했다. 파스타도 먹고, 와인도 먹고, 케이크도 먹을 거다. 살아가는 소소한 이야기들을 할 거다.

나는 행복할 거다. 그렇게 오늘도 나는, 건강을 잃으면 다 잃는다는 사회에 저항한다. 이게 내 투쟁의 방식이다. 비장한 마음으로 토마토를 썰러 간다.

감사하지 않을 권리

"저한테 왜 그랬어요? 말해봐요."

평화로운 표정의 불상을 쳐다보며 담담하게 물었다. 나는 특별한 종교가 없다. 살면서 신 같은 존재에게 무언가를 바란 적도 없고 기도를 해본 적도 없다. 투병하면서 지푸라기 한 줄기라도 부여잡고 싶을 때 종종 생각했다. 종교가 있다면 기도할 대상이 존재하니 한결 수월했을까 아니면 믿고 있던 신에게 배신당해서 더 원망으로 가득 찼을까?

죽음을 직면하는 상황을 겪다 보니 나의 종교 여부와 상관없이 주위 사람들을 통해서 세상의 모든 신들이 다 동원되기는 했다. 독실한 천주교 신자인 외할머니는 매일 몇 시간씩 내 기도를 해주었고 하루도 빠짐없이 기도 일기를 썼다. 그 기도 일기는 내 이름 석 자로 빼곡했다. 종교와는 거리가 먼 아빠도 한국에서 유명하다는 절을 다 찾아다녔다.

토속신앙에 관심이 많은 할아버지는 큰돈을 주고 나를 위해 굿을 한 것 같은 눈치였다. 내가 얼마나 성화를 낼지 모두 알기 때문에 쉬쉬할 뿐. 회사 멘토는 이탈리아 여행 중에 특별히 시간을 내서 바티칸에 들러 내 기도를 해주고 오만가지 성물을 사다가 택배로 보내왔다. 힌두교인 남편의 집안은 기차로 20시간이나 이동해야 갈 수 있는 힌두교 사원들을 망설임 없이 찾아가서 기도해주었다. 런던에 있는 무슬림 친구는 오랫동안 안 다니던 사원을 나 때문에 다시 나가게 됐다. 인류 종교의 거의 모든 신들이 어벤저스급으로 동원되었다.

주위 사람들의 종교적 신념과는 별개로 나는 신과 서로 주고, 받을 것이 없기 때문에 희망도 원망도 없는 깔끔한 관계라고 생각했다. 그런데 오랜만에 간 절에서, 오랜만에 마주친 불상 앞에서, 분노가 치밀었다. 정확히는 신에 대한 분노보다 운명에 대한 분노일 것 같다. 영화 〈달콤한 인생〉에서 이병헌이 전적으로 믿었던 조직의 보스에게 배신당하고 공허한 슬픔을 가득 담아 외치는 대사가 내 심정과 너무나 비슷해서 화가 나기보다 웃겼다. 이런 진중한 순간에 '저한테 왜 그랬어요' 짤이 생각나다니. "저 진짜 생각 많이 해봤는데, 정말 모르겠거든요. 나 진짜로 죽으려고 했어요? 37년 동안 당신 밑에서 개처럼 열심히 살아온 날! 무슨 말이든지 해봐!(탕!)"

명백한 계약 위반이었다. 선의를 가지고 열심히 살면 좋은 일이 생겨야 맞는 것이다. 이유 없이 비극적인 일이 일어나면 안 되는 것이다. 선의를 가지고 열심히 산 대가가 비극이라면 이것은 완전한 불공정 거래이다. 이것은 고소감이다. 인생, 운명, 업보 그리고 너희와 비슷한 종류의 모든 것들 다 고발할 것이다. 그렇게 많은 걸 약속해놓고 이렇게 멋대로 계약을 조기 종료하는 것은 사기다. 이 집단 사기꾼들을 다 감옥에 처넣을 테다. 나는 운명을 규탄한다!

마음껏 분노해도 된다고 말해주는 사람은 없었다. 엄청난 시련을 겪고 있는 사람에게 세상은 대게 정반대의 요구를 한다. 자그마한 것이라도 감사한 것을 찾아서 그것을 계속 붙들고 있으라고. 투병을 시작한 직후, 치료 외에도 정신과 상담을 받아보는 것이 어떻겠냐는 권유로 상담사를 몇 명 만나봤다. 안타깝게도 도움이 되지는 않았다. 상담사들 대부분은 본인들이 아파본 경험이 없기 때문에 질병에 동반되는 복잡하고도 다양한 감정들을 풀어헤치는 일에 한계가 있었다. 하지만 그보다도 더 거슬렸던 것은 이런 최악의 상황에서도 인생에 감사한 것들이 무엇인지 생각해보고 더 나아가 감사 일기 같은 것을 써보라는 제안들이었다. 거의 모든 상담사들이 감사를 강조했다. 아니 강요했다. 무슨 말인지는 안다. 당연히 이런 최악의 상황에서도 인정할 것들은 있다. 회사의 보험이 잘되어 있어서 치료비 걱정을 안 해도 된다는 것, 모아둔 돈이 있어서 당장 돈 걱정을 안 해도 된다는 것, 자기 일처럼 도와주는 사람들이 주위에 많다는 것. 하지만 그렇다고 이 지경이 된 지금 내 삶에 감사한 마음이 샘솟지는 않았다. 일어날 힘도 없어서 천장이 주저앉는 것을 바라만 보고 있을 때, 감사한 마음은 들지 않는다.

투병 후에는 세상의 감사 강요가 더 집요해졌다. 그래도 항암제가 잘 듣지 않았느냐, 그래도 이렇게 다시 복직하지 않았느냐, 그래도 감사하지 않느냐. 저승 앞까지 다녀온 사람에게서 감사의 초능력을 확인이라도 하고 싶은 듯, 모두가 감사함에 대해 집요하게도 물었다. 그럴 때마다 도무지 감사한 마음이 생기지 않는 나 자신한테 문제가 있는 것일까 생각했다. 나는 완전히 배은망덕한 사람이 되어 있었다.

하지만 그 배은망덕함 속에서 묘한 해방감을 발견했다. 감사하지 않아도 되는 권리를 찾은 것 같은 느낌이었다. 죄책감을 느끼기보다 감사하지 않아도 될 내 권리를 가까스로 인정하면서 막연했던 분노가 조금씩 사그라들었다. 감사에 대해 얘기하지 않고 분노에 대해서 얘기할수록 분노는 사그라들었다. 너무나 좋은 말인 '감사하자'는 어떤 상황의 어떤 누군가에게는 폭력이 될 수 있다. 그런 어두운 상황에 있는 누군가에게, 충분히 분노하라고 말해주고 싶다. 그래야 그 어두운 곳을 벗어날 수 있다. 아이러니하게도 충분히 분노해야 분노에서 벗어난다. 마지막 가루까지 불태우고 소진해야 가까스로 벗어날 수 있다. 잿더미가 돼야 가벼워지고, 다시 어디론가 날아갈 수 있다.

분노의 늪에서 벗어났다고 해서 삶에 대한 감사함이 채워지지는 않았다. 대신 사람에 대한 감사로 조금씩 채워지기 시작했다. 삶의 무게를 조금이라도 같이 짊어지고 있는 주위 사람들에 대한 감사한 마음은 분명한 실체가 있었다. '삶에 감사하다'라는 막연하고 추상적인 말은 나에게 의미 없는 구호일 뿐이었다. 가짜다. 하지만 항암실에서 추워하는 나를 위해 담요를 두 개씩, 그것도 내가 좋아하는 색깔로 챙겨놓는 간호사는 진짜다. 감사하다. 답장하지 않아도 안부 문자를 계속해서 보내오는 친구들이 진짜다. 감사하다. 내가 없는 동안 내 몫까지 묵묵히 일하는 팀원들도 진짜다. 감사하다. 삶에 대한 감사함이 공허하게 다가올수록 사람에 대한 구체적인 감사의 마음을 좀 더 표현하게 됐다.

복직 후에 같이 일했던 게임 회사의 대표님을 만나러 갔다. 그리고 감사한 마음을 전했다. 당신이 만든 이 게임 덕분에 투병 중에도 하루에 최소 한 시간 정도는 가벼운 마음으로 보냈다고. 한 뷰티 브랜드 대표를 업무상 만날 기회가 있어서 그녀에게도 감사한 마음을 전했다. 치료 때문에 피부가 다 뒤집어져서 거울도 보기 싫었던 때에, 당신이 만든 화장품 덕분에 여자로서 남은 마지막 자존심을 되찾았다고. 속옷 브랜드 담당자도 만날 기회가 있어서 감사한 마음을 전했다. 당신들이 만든 속옷 덕분에 여섯 시간 넘도록 항암 의자에 편하게 앉아 있을 수 있었다고. 그렇게 구체적으로 감사한 사람들에게 구체적인 감사의 마음을 표현하면서 잃었던 인생의 충만함이 조금씩 채워져갔다.

나는 여전히 감사와는 복잡한 관계에 있다. 하지만 이제는 조금 더 자신 있게 그 관계에 대해 설명할 수 있다. 최근에 패널로 참여한 한 컨퍼런스에서 감사의 힘에 대한 질문을 받고 솔직하게 대답했다.

"암과 같은 큰일을 겪고 나면 삶에 감사함을 느낄 것이라고들 생각하던데, 그렇지 않아요. 저는 여전히 어디 가서 소리 지르고 돌을 집어던지고 무언가를 흠씬 두들겨 패고 싶거든요. 그렇지만 오히려 감사를 강요하는 사회에서 해방돼서 좋아요. 저는 사람들에게 감사하지, 삶에 대해 감사하지는 않습니다. 그래도 이렇게 배은망덕하게 살아도 인생에 충만함을 느끼는 데에 큰 지장은 없답니다!"

감사하지 않아도 될 권리 그리고 배은망덕하게 살아도 될 권리를 잊지 말자.

일하라, 한 번도 상처받지 않은 것처럼

최근에 남편과 토스터를 사러 백화점에 갔다. 어떤 토스터를 살지 인터넷으로 이미 조사를 다 해보고 모델까지 결정해두었다. 그런데 마침 우리가 사려던 토스터 체험 코너가 있었고, 엄마 나이 정도 되어 보이는 분이 앉아 있었다. 어차피 사기로 했는데 뭐 하러 체험하냐며 토스터를 들고 계산대로 가려는 남편을 말리고 '굳이' 체험을 부탁드렸다. 손님이 별로 없었는지, 그분은 매우 신나하며 토스터에 빵을 넣고, 기다리는 동안 제품 곳곳을 설명하고, 빵이 나오자 바삭한 겉면을 칼로 쓱쓱 긁으며 까슬까슬 소리를 내는 퍼포먼스까지 보여주었다. 이미 영상을 봐서 알고 있었지만 청소하는 방법을 물어보니 신나서 설명해주었다. 사겠다고 하자 매우 즐거워하며 우리와 함께 계산대로 동행했다. 영업의 성취감에 들뜬 그 모습에, 나는 남편의 핀잔을 들으면서도 굳이 토스터 체험을 하고 싶었다. 좋은 태도로 자기 일을 열심히 하는 사람을 보면, 언제나 기분이 좋아진다. 그 힘이 전달돼서 나도 무언가를 열심히 하고 싶어진다.

단순하게 보면 일의 순수한 즐거움은 바로 이런 순간이다. 내가 해야 할 일을 하면서 성취감을 느끼고 남에게도 도움을 주는 것. 그런데 일의 순수한 즐거움만을 느끼기엔 세상이 너무 복잡하다. '나'와 '일'만 존재하는 것이 아니라 '회사', '조직', '주주', '이윤', '이해관계' 같은 무시무시한 것들이 비집고 들어오기 때문이다. 이들은 모든 걸 엉망으로 만들어 버린다. 노력이 인정으로 직결되지 않는다. 성과가 보상으로 연결되지 않는다. 내가 투자한 과거의 시간이 미래의 고용을 전혀 보장하지 않는다. 주인의식을 발휘한다고 해서 지분이 늘어나지 않는다. 저성장 시대에 '일'에 대한 새로운 시대정신은 어쩔 수 없이 다소 냉소적이다. 손해 볼 일은 벌이지 말아야 한다. 1인분만 하자. 월급만큼 일한다. 워라밸을 보장해야 한다. 회사는 가족이 아니다. 믿을 사람 하나 없다. 아, 우리 모두 일을 해오면서 지독하게도 상처를 받았나 보다.

틀린 말들은 아니다. 일하면서 저런 생각을 해본 적이 없다면 거짓말일 것이다. 나도 깊은 상처들을 입었고, 아팠고,

싫었다. 공들여 키운 팀이 한순간에 구조조정으로 없어지고 구성원들이 뿔뿔이 흩어지면서 다시는 회사를 위해 필요 이상의 에너지를 쏟지 않겠다고 다짐했다. 하찮은 사내 정치에 휘말려 고생하고 다시는 회사 내의 인간관계를 믿지 않겠다고 다짐했다. 죽을병에 걸리고 나서야 오지랖을 그만 부리고 1인분만 하기로 다짐했다. 겨우 돋은 새살 위로 또다시 상처를 받을 자신이 없었다.

일과 오랜 시간 지긋지긋한 애증 관계를 유지하고 있지만 그럼에도 부인할 수 없는 사실이 있다. 일이 나를 훨씬 더 나은 인간으로 만들었다는 점이다. '일의 의미' 같은 철학적 주제에 대한 답은 잘 모르겠다. 세상에 진정으로 의미가 있는 일을 하는 사람이 몇이나 있을까? 그리고 일의 의미를 찾기 위해 과도한 에너지를 낭비할 필요도 없다고 본다. 대신 일이 나에게 줄 수 있는 가치들을 이해하고 그 가치들을 향해 조금씩 의도적으로 나아갈 필요는 있다. 상처를 안 받을 수는 없지만 그 상처가 흉터가 되게 내버려두지는 않았으면 좋겠다. 그러기에는 당신의 시간, 노력, 그리고 가능성이 너무 아깝다.

일을 통해 자유로워졌으면 좋겠다. 일을 통해서 내 경쟁력을 키우는 데에 집중한다면, 그 경쟁력을 기반으로 어디든 자유롭게 갈 수 있다. 경쟁력은 문제를 하나둘씩 해결해 나가면서 쌓인다. 그렇기 때문에 문제를 피해 도망가지 말고 문제를 향해 달려가는 것이 중요하다. 다양한 상황에 부딪힐수록 문제 해결 능력은 발전한다. 회사를 위해 맹목적으로 고생한다는 마음가짐이 아니라 내 실력을 높이기 위해 난이도 높은 문제를 해결한다는 마음가짐으로 일을 대한다면, 나의 경쟁력을 가장 최우선 가치로 둔다면, 몇 개월 만에도 큰 차이를 만들 수 있다. 가장 잠재력이 높은 사람들은 난제에 불나방처럼 뛰어드는 사람들이다. 난제를 만나면 심박수가 올라가는 다소 이상한 사람들이 꼭 있다. 힘 조절이 전혀 안 돼서 여기저기 상처를 달고 다니는 사람들이 있다. 그리고 그들은 나태하게 문제를 해결하는 것을 좋아하지 않는다. 군이 힘든 길을 가는 이유는, 본인의 경쟁력에 대한 집착이 있기 때문이다.

경쟁력은 예쁘고 곧은 곡선처럼 올라가지 않고 계단식으로 좀 엉망진창으로 올라간다. 어려운 문제에 부딪혀 시행착오를 겪고 다시 여기저기 부딪히다가 어느 순간 갑자기

주욱 올라간다. 그리고 실력이 올라가는 순간은 흑과 백의 영역이 아니라 회색의 영역에 있다. 내 영역처럼 보이지 않는 일에 뛰어들거나, 남들이 시도해보지 않은 방식으로 도전해보거나, 모든 것이 모호하고 아무것도 정해진 것이 없는 영역에서 무언가를 이루어낼 때, 성장의 순간이 있다. 누군가 임의로 그어놓은 선 밖으로 나왔을 때, 비로소 한 단계 업그레이드된다. 그러므로 선 밖으로 나오려고 하지 않으면 그 선은 내 한계가 된다. 회사와의 정해진 관계에서 하루도 손해 보지 않으려고 하면 손익계산서의 한 항목 이상으로 발전할 수 없다. 매일 1인분만 맞추려고 하면 평생 1인분만 하게 될 가능성이 높다. 하지만 그 한계를 박차고 나올 수 있다면, 회사를 포함한 그 누구도 뺏어 갈 수 없는 나만의 경쟁력이 생기고, 그 경쟁력은 엄청난 자유를 선사한다.

일을 통해 사람을 알아가면 좋겠다. 사람을 얻는 능력은 살아가면서 가장 중요한 능력 중 하나이다. 그리고 극악의 난이도를 자랑한다. 사람을 잘 활용하는 것, 사람을 잘 이끄는 것, 사람을 잘 읽는 것과는 비교가 안 될 정도로 어려운 일이다. 하지만 삶을 충만하게 하기 위해 너무나 중요한 능력이다. 사람을 잘 이끄는 것과 사람을 얻는 것이 동일하다고 착각했던 시절도 있었고 지적 우위나 경험적 우위로 사람이 얻어진다고 자만했던 시절도 있었다. 처음으로 리더라는 수식어를 갖게 되었던 순간부터 수많은 상처를 받았다. 아마 수많은 상처를 주기도 했을 것이다. 사람은 얻기 참 어렵다. 머리로 얻어지지도 않고, 보상으로 얻어지지도 않고, 얻었다고 생각했다가도 별것도 아닌 일에 다시 후르륵 잃기도 한다. 분명한 건 기꺼이 상처받을 각오를 하고 심장을 내줘야 한다는 것이다. 아플까 봐 내주지 않는다면 큰 일은 일어나지 않지만 작은 재미도 찾기 힘들어진다. 나는 그렇다.

직장생활 인간관계라고 늘 선을 긋고 피곤해만 할 필요는 없다. 서로의 상황을 이해하고 공감하는 것, 성실하고 일관적인 태도로 상대방에게 예측 가능성과 신뢰를 주는 것, 작은 친절과 배려를 베푸는 것, 이 모든 게 직장생활의 스킬이자 인생 스킬이다. 과하게 친할 필요는 없더라도 이유 없이 상처를 줄 필요는 없다. 최소한의 정서적인 연대를 바탕으로 서로의 성장에 관심을 가져주는 것이 성과를 잘 내는 팀의 기본이다. 그렇게 되기까지 우리는 뜨겁게 싸워야 하고, 결국에는 시원하게 화해를 해야 하고, 그 모든 과정에서 속

닥속닥 이야기를 나누어야 한다. 정반합의 과정을 계속 겪으며 더 나은 우리가 될 수 있어야 한다. 그러고 보면 단체 생활은 일종의 종합예술이다. 그리고 그 종합예술을 조금씩 터득해가는 과정은 끝이 없고, 무엇보다 재미있다. 사람 간의 일은 언제나 예측 불가능하지만, 그 사람들이 한마음이 되어 무언가를 딱 해냈을 때의 쾌감은 그 무엇과도 비교할수가 없다.

일을 통해 상처받아도 일어날 수 있는 힘을 키웠으면 좋겠다. 어쩌면 일이 우리에게 줄 수 있는 가장 큰 의미일지도 모르겠다. 1년 넘는 치료를 마치고 복직하며 깨달았다. 지난 18년간 내가 일을 해온 이유는 다시 일어서는 방법을 익히기 위해서였다. 다사다난한 18년이었다. 때로는 걷던 길이 없어지기도 했고, 지도에도 없던 샛길이 큰길로 이어지기도 했다. 예측도 계획도 힘들었지만, 길을 찾는 것에 매 순간 최선을 다했다. 길의 불확실성을 받아들이면서도 길을 찾는 것에 온전히 집중할 수 있는 근육을 키웠다. 이 근육은 특별히 돈을 더 많이 벌거나, 남들보다 더 빨리 앞서나가는 데에는 크게 도움이 되지 않았다. 하지만 인생이 무너졌을 때 내 유일한 나침판이 되어주었다. 앞이 전혀 보이지 않는 상황에서 앞으로 나아가는 방법은 근육의 감각에 의지하는 것뿐이다. 어떤 불행이 닥치든, 어떤 변수가 생기든, 어떤 결말을 맞게 되든, 상황을 판단하고 그 상황에서 나에게 주어진 제일 나은 선택을 할 것이라는 자신감이 있었다. 일을 하면서 수도 없이 연습해봤기 때문이다. 막다른 길에서 주저앉아 울지 않았던 것은 아니다. 하지만 그곳에 오래 머물러 있지 않았다. 한 차례 울고 나면 다시 걷기 시작했다. 아무리 깊은 상처도, 흉 지게 내버려두지는 않았다.

오래 일을 했으면 좋겠다. 어디서 어떤 일을 하든지 상관없다. 자유를 줄 수 있고, 사람들과 함께할 수 있고, 인생에 닥칠 난관들을 미리 연습해볼 수 있다면 어디여도 상관없다. 기꺼이 상처받을 준비가 되어 있다.

그래서 한 번도 상처받지 않은 것처럼, 오늘도 일을 하러 간다.

플랜 B

'당신의 커리어 로드맵을 주도적으로 설계하세요!' 웅장하고 비장하기까지한 포스터가 사무실 한쪽에 커다랗게 붙어 있었다. 지인의 회사에 방문했을 때 마침 그 시기에 커리어 관련 이벤트를 진행하고 있었는지, 홍보 포스터가 여기저기 붙어 있었다. '커리어 플랜을 만들기 위한 A to Z', '성공하는 커리어 설계' 등 나조차도 궁금하게 만드는 문구들로 가득했다. 회사에서 직원들의 커리어에 투자하는 것은 매우 바람직하다. 그런데 커리어라는 단어 옆에 '설계', '플랜', '로드맵' 같은 단어들이 함께 놓여 있는 것이 매우 이질적으로 느껴졌다. 애초에 커리어라는 게 설계 가능한 것인지 잘 모르겠다. 계획대로 커리어가 척척 풀리는 경우가 거의 없기도 하거니와, 커리어에 있어서 가장 큰 성장과 도약의 순간은 내가 촘촘하게 계획한 플랜 A에 있지 않고 계획이 틀어져서 경로를 수정한 플랜 B에 있기 때문이다.

스물한 살의 나는 경영학과를 다니고 있음에도 불구하고 경영에 전혀 흥미가 없었다. 졸업을 위해 필요한 최소한의 전공 학점을 제외하고는 항상 다른 과를 기웃거렸다. 숫자가 나오는 수업은 최대한 피했다. 철학과, 건축학과, 디자인 예술학과, 신문방송학과 등 경영을 제외한 세상 모든 것들이 다 재미있었다. 그때 나는 결심했다. 졸업하면 반드시 창의적인 일을 찾아서 할 것이라고. 광고 카피라이터나 크리에이티브 디렉터가 되겠다고. 그리고 그 꿈을 스물네 살의 내가 완전히 망쳐버렸다. 지원한 모든 광고 회사에서 다 떨어진 것이었다. 아뿔싸, 알고 보니 나는 그렇게 창의적인 사람이 아니었다. 지원해줘서 고맙지만 안타깝게도 함께할 수 없다는 연락을 끝으로, 플랜 A는 허무하게 끝났다.

플랜 B는 한 카드회사였다. 크리에이티브한 커리어를 설계하는 데에 너무 몰입한 나머지 시기를 놓쳐서 그나마 지원한 곳들 중 유일히게 나를 받아준 곳이었다. 이곳에서 나는 프로덕트 매니저를 하게 되었다. 상품을 설계하고, 출시하고, 관리하는 총체적인 역할이었다. 학창 시절 '경영'과 '숫자'에 알레르기가 있던 사람이 금융 업계에 취직해서 상품을 경영하다니, 얼핏 보면 꽤 기구한 운명이었다. 하지만 이곳에서 나는 시행착오를 통해 경영의 기본을 배웠다. 사용자를 제대로 파악하지 못한 채로 만든 카드는 잘 팔리지 않았다. 손익계산을 제대로 하지 못한 채로 출시한 카드는 팔릴수록 손해였다. 그런 손해는 결국 서비스 변경으로 이어졌고 민원 폭주로 귀결되었다. 또 카드를 출시하는 일은 오차 없이 완벽해야 하는 일이었다. 재무팀을 숫자로 설득해야 했고, 영업팀을 교육해야 했고, 수요를 정확히 예측해서 공카드 발주를 넣어야 했고, 제휴사들과 몇 번의 전산 테스트를 거쳐야 했고, 마케팅팀과 프로모션을 논의해야 했다.

내가 맡고 있는 상품에 대해서 처음부터 끝까지 책임져야 하는 이 업무를 하면서 나 자신에 대해 전혀 몰랐던 사실들을 알게 되었다. 나는 숫자 자체를 좋아하는 사람은 아니었지만 무언가를 분석해서 숫자로 사람을 설득하는 일을 잘해냈고 그 과정을 좋아했다. 금융 업계는 알고 보니 나와 꽤 잘 맞는 곳이었다. 중학교 수학 선생님이 알면 아마도 기절할 것이다. 그 이후로 나는 꽤 오랫동안 금융인의 길을 걸었다. 글로벌 은행으로 이직해서 금융 상품에 대한 전문성을 더 쌓았고, MBA 시절에는 파이낸스 클럽의 회장까지 맡았고,

그토록 원하던 월스트리트까지 가게 되었다. 플랜 B는 내가 전혀 모르고 있던 나의 경쟁력을 선물했다.

하지만 당시의 남자 친구이자 지금의 남편이 싱가포르로 발령을 받고 뉴욕을 떠나게 되면서 내 커리어는 또 한 번 큰 변화를 맞았다. 다니던 투자은행의 싱가포르 지사로 옮기는 방법을 알아보았지만, 당시 회사 사정상 불가능했다. 남편과 함께하려면 회사를 떠날 수밖에 없었다. 나는 여러 투자은행과 금융회사에 연락을 해보았지만 아시아 딜 경험이 없다는 이유로 번번이 거절당했다. 거취를 옮기는 것은 쉬운 일이 아니었다. 업계, 연봉, 직함, 직무 등 무엇 하나도 포기하지 않으면 한 발도 움직일 수 없었다. 결국 나는 고민 끝에, 다 포기하고 싱가포르에서 새롭게 다시 시작하기로 결심했다. 뉴욕을 떠나면서 내가 오랜 시간 공들였던 플랜 A는 끝나버렸다.

플랜 B는 한 통신사였다. 평생 들어본 적도 없는 노르웨이 회사였는데, 아시아로 확장하면서 투자 업무를 맡아줄 사람을 구하다가 내부에서 인력을 찾기가 어려워서 나를 채

용한 것이다. 하지만 들어온 지 몇 주 만에 신규 투자는 더 이상 계획이 없으니, 회사가 아시아에서 하려는 신사업을 도우라는 황당한 이야기를 듣게 되었다. 회사의 신사업은 흥미롭지만 위험했다. 파키스탄, 방글라데시, 미얀마 같은 개발도상국은 아직 금융 기반이 잘 갖춰져 있지 않았다. 그래서 서민들 대부분은 제도권 내에서 송금, 대출, 투자를 할 수 없었다. 회사는 통신사가 가지고 있는 데이터를 기반으로 이들을 대상으로 하는 금융 서비스를 출시하고자 했다. 가뜩이나 이 회사를 오면서 연봉도 절반이나 깎였는데 엎친데 덮친 격으로 투자 업무도 더 이상 할 수 없게 되었고 안전과는 거리가 먼 나라들로 출장까지 자주 가야 한다니 당연하게도 기대보다는 불안이 앞섰다.

그렇게 나는 파키스탄, 방글라데시, 미얀마를 드나들며 이들 나라 사람들의 금융 니즈를 연구하고 분석했다. 파키스탄의 농부들과 농촌에서 시간을 보내면서 그들의 생활을 이해하려고 했고 미얀마 시장 바닥에서 상인들을 쫓아다니며 그들이 돈 관리를 어떻게 하는지 관찰했다. 나는 이 과정에서 기술이 얼마나 큰 변화를 만들어낼 수 있는지 체감하게 되었다. 통신사의 인증 시스템을 활용한 모바일 송금 서비스를 출시하면서 시장에서 꽃을 파는 아주머니가 살면서 처음으로 계좌를 열 수 있게 되었다. 통신사의 데이터를 활용한 소액 대출 서비스를 출시하면서 농부들이 더 이상 살인적인 금리의 사채를 쓰지 않아도 되었다. 기술은 더 나은 미래를 제시했다. 내가 플랜 B를 선택하지 않았더라면 이런 경험을 할 수 없었을 것이다. 이를 계기로 나는 기술에 좀 더 가까이 다가가고 싶었고 그렇게 테크놀로지로 커리어를 완전히 전향하게 되었다. 플랜 B는 나에게 기술을 통해 세상을 발전시키는 일을 하고 싶다는 열망을 선물했다.

그 후 글로벌 빅테크 회사에 조인해서 7년 넘게 다녔다. 동남아 솔루션 팀장을 맡아 동남아시아 이커머스 시장의 폭발적인 성장을 함께했고, 게임 사업부 팀장을 맡아 게임사들이 전 세계 게이머들을 사로잡을 방법들을 찾았고, 중소기업부 부문장을 맡아 경제의 허리가 되는 중소기업들과 혁신의 중심에 있는 스타트업들을 도울 방법들을 고민했다.

플랜 A는 명확했다. 치열하게 일해서 이곳에서 성공하는 것, 더 큰 업무들을 맡는 것, 업계의 영향력 있는 사람으로 성장하는 것. 시간과 건강만 있으면 충분히 달성 가능한 일이었다. 시간을 유한한 자원으로 생각해본 적이 없었다. 하고 싶은 것을 다 해볼 수 있는 시간은 언제나 충분했으니까. 건강이 특권이라고 생각해본 적도 없었다. 건강은 당연하니까. 그 충분하고 당연한 것들이 사라지면서 플랜 A가 더 이상 의미가 없어졌다.

그러면 어쩌겠는가, 플랜 B를 살아야지. 이력서에 쓰기 위한 커리어는 더 이상 나에게 의미가 없다. 내가 얼마나 대단한 프로젝트들을 이끌고 있는지, 얼마나 엄청난 규모의 돈을 회사에 벌어주는지, 얼마나 승진을 빨리하고 자주 하는지, 이런 것들은 인생의 종착점에 다가가면 정말 아무런 기억이 나지 않는다. 당신이 얼마나 대단한 일을 하는 사람이든 이 진리는 변함이 없다고 자신한다. 스티브 잡스조차 췌장암으로 죽던 마지막에는 그랬으니까.

그래서 나는 오히려 부고에 쓰기 위한 커리어에 집중한다. 일터에서의 나는 어떤 모습으로 기억되고 싶은지를 기준으로 매 순간을 살아간다. 냉정하고 혹독한 비즈니스의 세계지만 우리 모두 조금 더 따뜻한 사람일 수 있다는 것을 보여주고 싶다. 내 일, 네 일, 우리 일, 그들의 일, 범위와 경계를 나누고 조금도 손해 보기 싫은 마음으로 매일을 살고 싶지 않다. 뜻이 맞다면 뭐든 함께해보고 싶다. 사람과 비즈니스의 잠재력과 가능성에 무한하게 투자하고 싶다. 안 될 이유가 열 개라도 될 이유가 하나라도 있다면 밀고 나가고 싶다. 야무지고 싶지 않고 조금 무식해지고 싶다. 남들의 방식보다는 내 방식으로 승부를 보고 싶다. 플랜 B는 나에게 자유를 선물했다.

인생은 결국 수많은 플랜 B를 엮어 만든 결과이다. 그러니 플랜 A에 너무 집착하지 말았으면 좋겠다. '나는 이런 사람이니까'라고 자신을 레이블 하면 미래의 가능성이 제한된다. 우리 모두 자신을 잘 알지 못할뿐더러 잘 안다고 해도 여건이 바뀌고 상황이 달라지면 절대 바뀌지 않을 것 같던 나의 코어도 결국 달라진다. 그렇기 때문에 유연한 사고가 중요하고 어떤 상황에서도 무언가를 배우겠다는 태도가 중요하다고 생각한다. 그런 심지가 굳건히 자리 잡고 있다면, 플랜 B는 커리어와 인생을 훨씬 풍성하게 만들이줄 수 있다. 가끔은 플랜 A를 통해서 이루고 싶었던 것들까지 더 빠르게 이루어줄 수 있다.

플랜 B는 단순한 정신승리가 아니다. 커리어와 삶을 빚어가는 태도이자 나침판이다. 그런 의미에서 플랜 'Be'다. 지금 이 순간에 내 앞에 있는 위기를 가장 나답게 돌파하면, 전혀 생각지도 못했던 길이 보이기도 한다. 낯선 길들을 조금씩 익숙한 길로 만들어가면서 더 이상 지도가 필요 없어지는 순간이 반드시 온다.

인생이 계획대로 풀리지 않고 있는 모든 사람들에게 이 글을 바친다. 이 순간이 당신의 플랜 B 모먼트이기를 바라며.

경기장에서 나올 수 있는 자격

키 상위 97%, 몸무게 상위 65%, 머리둘레 상위 80%! 모두 박수! 조카의 인생 첫 성적표였다. 영상통화 너머로 부모님의 박수가 쏟아져서 나도 덩달아 같이 손뼉을 쳤다. 무슨 일인지 알 턱이 없는 자그마한 아기는 박수갈채가 좋은지 핸드폰 속의 작은 화면 속에서 방실방실 웃기 시작했다.

아리아, 이 경기에 공식적으로 출전하게 된 것을 축하한다. 오늘을 시작으로 세상은 너에게 끊임없이 점수와 등수를 매기려고 할 것이고 서열을 정하려고 할 거야. 처음에는 분명 세상이 너한테 이 경기를 강요한 것 같은데, 어느 순간 시작점이 어디였는지 더 이상 기억나지 않을 거야. 왜냐하면 그 누구보다 너 자신이 경기에 완전히 빠져 있을 거거든. 실체도 없는 평가단이 너의 순위를 계속해서 정해줄 거야. 처음에는 순위가 올라가는 것에 즐거움을 느끼다가 앞에 사람이 수두룩하게 많다는 것을 알게 되면서 지칠 거야. 동시에 뒤처지는 것은 죽기보다 무서워지겠지. 앞으로 나갈 힘은 점점 없어지는데 뒤로 갈 용기도 점점 없어지는 것이 이 경기의 실체야. 그래도 지레 겁먹을 필요는 없어. 누구나 다 겪는 인생의 통과의례거든. 나는 네가 이 경기를 어떻게 더 잘할까 고민하기보다 이 경기를 왜 해야 하는지 고민했으면 좋겠어. 왜냐하면 네가 경기장을 뒤로하고 스스로 뚜벅뚜벅 걸어나와야 이기는 경기거든.

'남'은 우리 인생을 참 고달프게 하는 존재다. 프랑스의 법학자이자 철학자 몽테스키외도 그렇게 얘기하지 않았던 가. "단순히 행복해지려고만 한다면 누구든 쉽게 행복해질 수 있다. 그러나 우리는 행복해지기를 원하는 것이 아니라 남보다 행복해지기를 원한다. 하지만 남보다 행복해지는 것은 불가능에 가까운 일이다. 우리는 남이 실제보다 훨씬 더 행복하다고 믿기 때문이다." 아, 도대체 남이라는 존재는 나한테 왜 이러는 것일까.

'남'은 평생 다양한 얼굴을 가지고 우리를 괴롭힌다. 나보다 인기가 훨씬 많은 같은 반 친구, 가족 외식을 가면 식당에서 자그마치 '음료수'를 주문할 정도로 집이 좀 사는 것 같은 학원 친구, 나보다 공부를 안 하는 것 같은데 성적은 매번 나보다 높은 친구. 이렇게 '남'과의 역사는 꽤 귀엽게 시작된다. 나이가 들면서 분명 나는 그대로인 것 같은데 '남'은 계속해서 초능력자마냥 진화를 거듭한다. 얼굴도 이름도 모르지만, 그 외 학력, 경력, 인적 사항은 몇 번이고 들어서 다 알고 있는 엄마 친구의 딸들과 아들들로 진화하기도 하고, 종합부동산세를 고민한다는 옆 팀 동료로 진화하기도 하고, 분명 학창 시절에 나보다 공부는 못했는데 때를 잘 만나서 승진을 거듭하고 있는 옛 친구로 진화하기도 한다. 하물며 항암실에서 내 옆자리에 앉아 있던 말기 암의 노인도 자기보다 운동도 안 하고 식습관도 별로였던 친척은 암에 안 걸리고 잘 사는데 왜 자기여야만 하냐고 하소연이다. '남'은 정말 마지막 순간까지 우리를 괴롭히는 것 같아, 항암제가 몸에 들어가고 있는 그 순간에도 나는 피식 웃을 수밖에 없었다.

'남'은 계속해서 다양한 얼굴로 진화하다가 변신 최고 단계에 오른다. 그것은 바로 '실체가 없는 불특정 집단이라는 남'이다. 어렵게 생각할 것 없이 우리가 일상적인 대화에서 쓰는 '그래도 남들 사는 만큼은 사니까', 혹은 '그래도 남들

시선이 있는데'의 '남'이 바로 그런 남이다. 실체가 없는 이 불특정 집단은 우리 인생을 완전히 지배해버린다. 내 인생의 중요한 의사결정들을 대신해서 내려주고, 하고 싶지 않은 일을 하게 만들고, 하고 싶은 일들을 가슴 한편에 고이 간직하게 만든다. 우리는 이 집단을 굉장히 혐오하면서도 이 집단으로부터 어떻게든 인정받기 위해 고군분투한다. 이 집단의 평가가 우리를 완전히 장악한다. 출발선은 있지만 도착점은 없는 이 이상한 경기는 이 실체 없는 집단이 만들어 낸 것이다.

나는 경쟁에 익숙한 사람이다. 아니, 경쟁에 꽤 특화된 사람이다. 나에게도 수많은 '남'이 존재했지만 나도 많은 사람들에게 '남'이었으리라. 일시적으로 1보 후퇴하는 시기는 있었어도 결국 2보 전진하리라는 것을 알았기 때문에 경기를 꽤 즐겼다. 하지만 경기에서 좋은 성적을 거둘수록 실체 없는 불특정 집단이 룰을 하나씩 심기 시작했다. 어느 수준이 메달급이고, 어느 수준이 참가상의 자격이 주어지고, 어느 순간 탈락인지, 룰들이 생기기 시작했다. 메달급에 들어가면 그 안에서 또 금/은/동을 나누기 시작했다. 그 기준점이 되는 룰들이 무엇인지 누구도 공식적으로 알려준 적은 없지만 뛰고 있는 모두가 알고 있는 것 같았다. 이기고 싶어서 혼자 재미있게 하고 있던 경기는 남들에게 지지 않기 위해 뛰어야만 하는 불안한 경기가 되었다. 하지만 아무리 불안해도 이 집단의 평가보다 중요한 것은 없었다.

그러다 어느 날, 나는 완전히 새로운 경기에 참여하게 되었다. 아이러니하게도 내가 살면서 가장 많은 평가를 받았던 시기는 암 투병을 시작하면서부터다. 8주의 방사선 치료 기간 동안 내 암은 다양한 방식으로 측정됐지만 줄어들어야 하는 속도를 맞추지 못했다. 매주 피검사를 통해서 100개가 넘는 항목의 수치로 평가를 받았고 그 숫자들이 어떻게 올라가고 내려가는지에 따라 의료진의 표정과 말투가 달라졌다. 나와 같은 암을 앓고 있던 50대 여성은 치료 중간쯤에 암이 완전히 없어졌단다. 나와 항암실에서 수다를 떨던 20대 환자는 수치가 완전히 정상화되었단다. 그리고 나는 아직 멀었단다. 나는 매우 느린 사람이었고 내 암은 남들의 것보다 훨씬 지독했다. 평가와 비교는 병의 세계에서도 엄연히 존재했다.

지인들을 오랜만에 만나면 자신들의 힘든 이야기를 전혀

하지 않거나 평소 나와 얘기하던 습관대로 힘든 이야기를 하다가도 '아이고 제일 힘든 사람 앞에서 내가 도대체 무슨 이야기를 하는 거야'라며 수습하기 바빴다. 고통에도 엄밀한 강도가 있었고 명확한 순위가 있나 보다. '불행의 경기'에서 나는 독보적인 선두로 금메달을 향해 나아가고 있는 모양새였다.

그렇게 새로운 경기에 강제로 참여하게 됐음에도 불구하고 나는 예전 경기를 전혀 놓지 못했다. 드라마나 영화에서 보는 '죽을병에 걸린 사람'의 서사는 참 로맨틱하다. 갑자기 모든 것을 내려놓고 모든 것을 돌아본다. 조용하고 아름다운 음악이 BGM으로 깔리고 바닷가나 노을 같은 것들이 등장했던 것 같다. 적어도 나의 현실은 완전히 달랐다. 나는 아프기 전보다도 더 미친 듯이 경기에 집착하기 시작했다. 열 개도 넘는 경제지를 구독하고 결제했다. 각종 온라인 강의도 알아봤다. 아프다고 세상이 돌아가는 것에 뒤처지면 절대 안 될 일이다. 항암 의자에 다섯 시간 앉아 있으면서 내 링크드인 프로필을 내내 업데이트했다. 아프다고 네트워킹을 못하면 안 된다. 휴직임에도 불구하고 업계 동향도 매일 확인하고 필요할 때는 심지어 업무 결재도 했다. 죽을 때는 죽더라도 경기에서 뒤처질 수는 없는 것이다.

병이 깊어지고 치료가 길어질수록 나는 '남'이 너무 싫어지기 시작했다. 암에 걸리지 않았을 경우의 나와 '남'을 비교하기 시작했다. 남들의 인생이 모두 앞으로 나아갈 때 나는 몸이 결박당한 채 그것을 지켜볼 수밖에 없었다. 내 인생이 멈추었다고 모두가 멈출 수는 없는 일이라는 것을 머리로는 알아도 마음으로는 받아들일 수가 없었다. 나는 남과의 완전한 단절을 선택했다. 철저히 혼자가 되었다. 주위에 아무리 많은 사람들이 있더라도 내 인생의 무게를 대신 짊어질 수는 없었다. 머리가 터질 것 같은 두통, 가슴을 옥죄어오는 불안감, 뼈 마디마디의 고통은 나 혼자 감당해야 할 몫이었다. 그리고 세상은 나 하나 없이도 너무나 잘 돌아갔다. 계절은 알아서 척척 잘 바뀌었고, 내가 하던 일들은 다른 곳으로 잘 흘러 들어갔고, 가족과 친구들은 하루하루의 일상을 살아냈다.

나는 처음으로 나 자신과 엄청나게 많은 시간을 함께 보냈다. 예전의 경기에서 내가 거두었던 성취들은 병이라는 새로운 세계 앞에서는 아무 소용이 없었다. 이 세계에서 중요한 것들은 좀 많이 달랐다. 온 내장을 식탁에 다 토할 것만 같아도 딱 다섯 숟가락만 눈을 질끈 감고 먹을 인내심이 필요했다. 몸이 침대에 접착제로 붙어버린 것만 같아도 하루에 딱 1000보만 걸을 끈기가 필요했다. 너무 무서워서 내 존재 자체가 사라져버렸으면 싶어도 병원 문을 열고 들어갈 용기가 필요했다. 어떠한 성취로도 만족하지 못했던 내가 밥을 먹었다는 이유로, 5분이라도 집 밖을 나섰다는 이유로 스스로를 칭찬해주기 시작했다. 내면의 꾸준함이 강해질수록 '남'이라는 존재에 대한 기억은 흐릿해져갔다.

그리고 혼자가 되는 경험은 생각보다 큰 해방감을 선사했다. 세상이 나 없이도 잘 돌아간다는 사실을 받아들이는 순간, 나도 세상에 휩쓸리지 않고 살아갈 수 있다는 것을 역으로 알게 되었다. 마지막에 내 삶을 평가하는 것도 오로지 나 자신뿐이라는 것을 알게 되었다. 이 지경에 이르러서야 그걸 알았냐고 한다면 별로 할 말은 없다. 신기하게도 마지막을 생각해야 하는 순간들이 올 때마다 '실체 없는 불특정 남'들이 전혀 생각나지 않았다. 그들의 얼굴이 더 이상 기억나지 않았다. 그 집단이 한때 내 인생을 지배했다는 것조차 완전히 잊게 되었다. 결국 가장 중요한 것은 남의 평가가 아니라 나 스스로의 평가이다. 내 삶은 충만하고 후회가 없었는가, 유일하게 의미 있는 질문이다. 그리고 많은 것들이 정리되기 시작한다. 나에게 중요한 사람들이 누구인지, 내가 중요하게 여기는 가치들이 무엇인지, 삶을 어떻게 살아갈 것인지 혹은 어떻게 죽을 것인지. 그리고 드디어 경기장에서 나갈 수 있는 자격이 주어진다. 내 발로 그곳을 걸어나오는 것이, 진짜로 이기는 길이다.

그 출구는 남에게 있지 않고 나에게 있다. 밖에 있지 않고 안에 있다. 대단한 성취에 있지 않고 내면의 꾸준함에 있다. 세상의 모든 사람들이 나에게 박수를 쳐주던 시절보다 나에게 아무것도 남지 않았던 시절이 아이러니하게도 더 평온하다고 느꼈다.

이제 경기장 밖으로 나왔다. 경기장 안은 분명 모두가 일직선으로 달리고 있는 일자대로였는데, 경기장 밖은 여러 갈래길이 언덕 위아래로 구불구불 자리 잡고 있다. 각자 가고 있는 방향과 속도가 제각각이다. 그리고 그저 각자의 갈래길에서 최선의 의사결정을 하고 있을 뿐이다. 누구나 고

유한 길을 걷고 있다. 특별한 길은 아니더라도 '고유한 길'임은 분명하다.

당신이 경기장 밖으로 나오기를 진심으로 바라며, 오늘도 응원한다.

나에게 버림받은 것들

갖고 싶은 것보다 버리고 싶은 것이 많아지는 시기가 가끔 온다. 그 시기는 인생의 중요한 전환점인지도 모르겠다. 채우는 행위는 어느 정도의 욕망만 있으면 가능하지만 버리는 행위는 명료한 사유가 있어야 가능하다. 가지고 있는 모든 것들에 관성이 붙기 때문에, 그 관성을 거스르는 것은 의지가 없으면 안 된다. 그래서 무얼 취하느냐보다 무얼 버리느냐가 그 사람에 대해 더 많은 것들을 알려준다. 나를 알고 싶으면 내 쇼핑백보다는 내 쓰레기통을 뒤져야 할 것이다.

나는 몇 번의 '대 버림 시대'를 거쳤다. 한국을 떠날 때, 10년 넘게 간직하고 있던 많은 책들을 버렸다. 아무도 나를 모르는 곳에서 새롭게 다시 시작하고 싶었고 그러려면 내 머릿속에 들어가 있는 것들까지 다 지워야 할 것 같았다. 미국을 떠날 때, 2년 넘게 회사에서 모아둔 딜 트로피들을 다

버렸다. 딜을 성공적으로 끝마칠 때마다 자축의 의미로 함께 제작해서 월스트리트에 있던 내내 책상 위에 보물처럼 간직했다. 싫어서 버린 게 아니라 사랑하기에 버렸다. 장거리 연애의 끝에, 나는 트로피에 대한 사랑보다 남자와의 사랑을 택했다. 그리고 그 선택에 자신이 없었다. 좀 더 자신이 생기려면, 트로피들을 버려야 했다.

길었던 투병 생활이 어느 정도 정리되어갈 때, 나는 거의 모든 물건들을 버렸다. 차가운 방사선실에 들어갈 때 입었던 오렌지색 후드티, 항암실에 보리차를 싸 갔던 텀블러, 발끝의 신경이 무뎌지기 시작하면서 신었던 바랜 수면양말까지. 어디 멀리 이사를 가는 사람처럼 수십 개의 박스에 아픔을 차곡차곡 쌓아서, 알 수 없는 곳으로 보내버렸다.

집뿐만이 아니었다. 일터에도 버릴 것이 사방 천지에 널려 있었다. 나에게 더 이상 쓸모가 없는 것들도 있었고, 나를 해치고 있는 것들도 있었고, 남들이 갖고 있으니 나도 갖고 있어야 한다고 막연히 생각했던 것들도 있다. 그것들이 무엇인지 파악하기까지 시행착오가 필요했고, 버리는 데까지 용기가 필요했고, 다른 것들로 채우기까지 시간이 필요했다.

정답을 버렸다. 책임이 커질수록 정답을 맞혀야만 한다는 부담감이 같이 커졌다. 그 부담감이 어느 수준의 역치를 넘어서면서부터 오답에 대한 두려움으로 바뀌었다. 틀리고 싶지 않다는 태도로 일을 하기 시작하면 앞으로 한 발짝도 나아갈 수가 없게 된다. 정답을 찾으려 하면 할수록 정답과는 거리가 멀어지는 셈이다. 나는 자주 틀린다. 아니, 매일 틀린다. 누군가에게 배려를 보여주면 일이 더 순조롭게 진행될 줄 알았는데, 틀렸다. 중요한 의사결정이라 소수의 사람들에게만 의견을 받았는데, 틀렸다. 하루가 다르게 변하는 시장 상황에 대해 다양한 시나리오로 예측했지만, 틀렸다. 이쯤 되면 틀리기 위해 일을 하는 것 같다. 그런데 오늘 이렇게 많이 틀려야 내일 조금 덜 틀린다. 성장은 정답을 잘 맞히게 되는 것이라기보다 어제보다 조금 덜 틀리게 되는 것이다. 오답보다 더 최악인 것은 오답이 두려워서 아무것도 하지 못하는 것이다. 그래서 가뿐히 정답을 버렸다.

조언을 버렸다. 이따금 내가 과거에 남들에게 했던 조언들을 보고 적잖은 충격을 받는다. 대학원 시절 나는 MIT의 산학협력 연구소에서 학생들을 대상으로 세미나를 했다. 한국에 있는 파트너사로 인턴을 하러 가게 된 외국 학생들에게 '한국 사회생활 꿀팁' 조언을 해주는 세미나였는데, 인기가 점점 많아졌고 이 세미나 덕에 학교에서 공로 표창도 받았다. 10년간 잊고 있다가 최근에 내가 준비했던 강의 자료를 보고 정말 쥐구멍으로 들어가고 싶었다. 회식도 업무의 연장선상이라는 둥, 능력보다는 눈치라는 둥, 해괴한 소리가 담겨 있었다. 이 강의를 들은 모두가 내 조언을 싹 무시했기를 바란다.

회사에서 후배나 동료에게 하는 조언도 별반 다르지 않다. 모두에게는 제각기 고유의 변수들이 있기 때문에 조언이 무의미하다. 그리고 나 자신도 계속해서 변한다. 내가 어제 한 조언과 오늘 하는 조언은 다르다. 그렇기에 감히 몸 밖으로 함부로 토해내지 않는다. 조언을 버린 자리는 질문으로 채웠다. 스스로 해야 할 질문들을 대신 물어봐준다. 조언을 하는 것이 아니라 질문을 하는 것이 가장 무거운 종류의 책임이다. 이직을 고민하는 후배에게 어디가 더 나은지 조언하지 않는다. 일을 하며 가장 성취감을 느꼈던 상황이 언제인지, 장기적인 목표는 무엇인지, 새로운 환경에 적응하는 데에 필요한 스킬들이 무엇이라 생각하는지, 질문을 하고 스스로 결정할 수 있도록 돕는다. 처방하지 않는다. 조력할 뿐이다.

예의를 버렸다. 예의는 사회생활에서 가장 중요한 윤활유라고 생각했다. 예의를 지키느라 내가 원하는 것을 이야기하기까지 늘 많은 사람들의 기분을 살펴야 했고, 상황을 읽어야 했고, 풍향을 지켜봐야 했다. 내가 정말로 하고 싶었던 일들과 하고 싶은 말들의 대다수는 예의의 관문을 통과하지 못했고, 입 밖으로 나오지 못한 채 뜨끈한 어딘가로 삼켜졌다. 이렇게 살기에는 인생이 너무 짧다는 것을 깨달았다. 예의를 차릴 시간이 없다. 나 자신을 포함한 모두에게 조금 솔직해지기로 했다. 내가 원하는 것이 무엇인지 분명히 해두고 그 방향으로 거침없이 나아간다. 그러다 실패하기도 하고 망신을 당하기도 한다. 내가 하고 싶은 말을 자유롭게 하다가 실수를 하기도 한다. 그 과정이 모두에게 생중계되어도 그렇게 쑥스럽지는 않다. 적어도 예의를 차리다가 본질을 놓치지는 않았으니까.

결과를 버렸다. '결과로 보여주겠다'라는 말이 일종의 시대정신이 되었음에도 불구하고. 우리 모두 결과를 향해 달리고, 결과로 평가를 받고, 결과를 겸허히 수용한다. 결과에 이렇게까지 집착하는 것치고, 결과는 인생의 마지막에서 아무런 힘이 없다. 정말 놀라울 정도로 결과에 대해서는 아무런 기억도 남지 않는다. 죽을 때 사상 최고치 매출을 달성했다는 사실을 기억하며 웃는 사람은 아무도 없다. 그 매출을 달성하기까지 직원들과 함께 겪었던 고통의 과정, 서로 다른 의견을 조율하면서 더 나은 팀으로 변모했던 과정, 즐겁고 치열하게 일했던 그 모든 과정을 기억하면서 웃는다. 그래서 '결과만 보겠다'는 리더들의 말을 들으면 솔직히 좀 우습다. 일단 결과만 보겠다는 말을 하는 사람치고 결과가 좋은 사람을 본 적이 없다. 그리고 결과만 보는 것만큼 쉬운 일이 없다. 숫자로 정렬만 하면 되니까. 아무나 앉혀놓아도 할 수 있는 일이다. 결과보다는 과정이다. 과정이 잘 설계되어 있으면 좋은 결과가 나올 수밖에 없다. 조직장으로서 내가 하는 고민은, 우리가 얼마나 함께 밀도 있는 시간을 보내고 있는가이다. 이 부분이 만족스럽다면 결과는 자신 있다.

경계를 버렸다. 오랜 기간 암 투병을 하고 돌아온 나에게 모두가 처방해주는 약이 있었으니 그것은 '워라밸'이었다. 그간 너무 열심히 일하지 않았느냐, 일을 챙기느라 삶을 챙기지 못한 것 아니냐, 이번 기회에 인생의 우선순위를 바꿔야 하지 않겠느냐. 일과 삶이 제로섬 게임이라고 생각하는 경향이 있다. 일을 줄여야 삶이 늘어나고, 일이 늘어나면 삶은 줄어드는 식이다. 6시에 퇴근하면 그때부터 내 인생이 시작되고 아침 9시에 출근하면 내 인생은 잠시 유예되는 건가? 안타깝게도 죽음은 내가 일을 하는 동안 나를 기다려주지 않는다. 시간은 계속해서 간다. 일을 하는 시간도 삶이고 퇴근한 이후의 시간도 삶이다. 똑같은 삶이다. 일을 삶의 중요한 한 축으로 존중하고, 일을 하는 시간만큼은 그 시간을 후회 없이 보낸다. 삶을 완성하는 축들은 무 자르듯 뚝뚝 끊을 수 없다는 것을 이제는 안다. 일, 취미, 가족, 친구들, 커뮤니티 등 삶의 다양한 축들은 서로 유기적으로 영향을 주고받는 관계이지 제로섬 관계가 아니다. 나는 직원들의 성장을 이끄는 리더이자, 집에 오면 뜨개실로 아기의 머리띠를 떠주는 누군가의 이모이며, 멋들어진 와인 파티의 호스트이자, 암 환우들과 주말을 보내는 환자이자 상담가다. 지금 이 순간에는 이 이야기들을 전하는 책의 작가이다. 경계를 버리니, 삶이 더 풍요로워졌다.

이것저것 박스채로 내다 버리고 파쇄기로 갈아버리는 작업을 반복했다. 그러면서 몸과 마음이 좀 더 가벼워진 느낌이다. 좀 더 빨리 움직일 수 있게 되었고 좀 더 높이 뛸 수 있게 되었다. 완벽함은 더 이상 더할 것이 없을 때가 아니라 더 이상 뺄 것이 없을 때 달성된다고 하지 않았던가. 아직은 아니다. 나는 아직 버릴 것이 많은 사람이다.

슈뢰딩거의 암 환자

양자역학에는 '슈뢰딩거의 고양이'라는 사고 실험이 있다. 상자 안에 고양이가 있고, 방사성 원소가 붕괴하면 깨지는 독가스 병이 있다. 독가스 병이 깨지면 고양이는 죽는다. 양자역학의 원리에 따르면 방사성 원소의 붕괴는 확률적이고, 상자를 열어보기 전까지는 붕괴했는지 안 했는지를 동시에 가정하는 '중첩 상태'에 있다. 그렇기 때문에 고양이도 살아 있는 상태와 죽은 상태가 중첩되어 있다. 상자를 열어보고 관측을 하기 전까지, 고양이는 살아 있고 동시에 죽어 있다. 직관적으로 이해하기는 다소 어렵지만, 슈뢰딩거의 고양이는 양자 세계의 불확실성과 중첩 상태를 거시적으로 보여주는 사고 실험이다.

암 환자의 상태를 설명하는 데에 '슈뢰딩거의 고양이'만큼 적합한 비유가 없다고 생각한다. 모든 암 환자들은 몇 개월에 한 번씩 검진을 받는다. CT, MRI, PET 등 종류는 다양하지만, 목적은 오로지 하나다. 몸속을 들여다보고 암이 재발했는지 판단하기 위해서. 나같이 할 수 있는 치료 옵션은 모두 소진한 4기 암 환자에게 재발은 사실상 끝이다. 그렇게 3개월에 한 번씩, 나는 언제가 될지 모르는 사형 선고를 받으러 간다. 검사 전까지 나는 살아 있는 동시에 죽어 있다. 검사 전과 후의 나는 똑같은데, 결과를 보기 위해 상자를 여는 순간 모든 것이 달라진다. 아무것도 바뀌지 않았지만 동시에 모든 것이 바뀐다. 결과를 듣기 전까지 나는 삶과 죽음의 '중첩 상태'에 있다.

3개월에 한 번씩 죽음을 마주할 준비를 하고 신변 정리를 하는 것이 썩 좋은 경험은 아니지만 하다 보니 조금씩 요령이 생겼다. 일단 검진 열흘 전부터 냉장고를 슬슬 비워둔다. 그리고 집을 대대적으로 청소한다. 이불부터 손수건까지 며칠에 걸쳐 빨래를 하고 햇빛에 잘 말려둔다. 혹시라도 좋지 않은 소식을 듣더라도 뽀드득뽀드득 깨끗한 집에 오고 싶다. 햇빛 냄새가 나는 뽀송한 이불 위에 누워서 울고 싶다. 더러운 이불 위에서는 울고 싶지 않다. 병원에 가기 전날 마지막 식사는 무조건 패스트푸드이다. 햄버거, 감자튀김, 피자 등을 잔뜩 시켜놓고 배가 터질 듯 맛있게 먹는다. 혹시라도 재발했다는 소식을 들었을 때 마지막으로 먹은 음식이 샐러드 따위라면 너무나 억울하고 분할 것 같아서 죄책감 가득한 음식들을 마음껏 즐기고 간다.

회사에서도 검진 전날 나는 평소보다 조금 더 바쁘다. 혹시라도 회사에 돌아오지 못할 경우를 대비해서 내가 없어도 돌아가야만 하는 일들에 대한 기록을 남기고 이메일을 보낸다. 팀원들에게도 좀 더 장기적인 이야기를 하고 좀 더 장기적인 디렉션을 준다. 혹시라도 다시 못 보는 사람들이 있을까 봐 진심을 담은 이야기들을 조금 더 해주려고 노력한다. 혹시라도 마지막일까 봐 모든 사람, 사물, 공간에 눈을 오랫동안 맞추고 퇴근한다. 내가 알던 세계가 얼마나 한순간에 종말을 맞을 수 있는지 이제는 너무나 잘 안다. '내일 봅시다'라고 가볍게 인사하고 1년 넘게 회사에 돌아가지 못했다. 그렇기 때문에 검진을 앞둔 전날, 내가 숨 쉬는 공기는 조금 더 매서워지지만 나라는 사람은 조금 더 따뜻해진다.

내일 지구의 종말이 오더라도 사과나무를 심겠다는 철학자 스피노자는 그러고 보면 참 지독한 인간이다. 나는 그렇게까지 건설적인 인간이 못 된다. 나의 종말을 마주하러 가기 전날 밤, 남편과 침대에 누워서 허공을 바라보며 잡담을 한다. 많은 주제들로 이야기를 나누지만, 암묵적으로 서로 절대 하지 않는 질문이 있다. 내일 결과가 어떻게 될 것 같은지, 그 결과에 따라 어떻게 할지에 관한 이야기는 절대로 나누지 않는다. 오로지 딱 '어제'와 '오늘'만이 존재하는 시간이다. '내일'이 비집고 들어올 공간은 전혀 없다. 내일을 생각할 수 없다는 것은 확실히 비극적이다. 하지만 내일이 존재하는 이상, 어제와 오늘은 늘 내일에 스포트라이트를 빼앗긴다. 어제를 회고하고 오늘을 온전히 받아들일 여유가 있는 사람은 드물다. 내일이 우리를 압박하기 때문이다.

그래서 나는 이 시간이 저주이자 축복이라고 생각한다. 남편과 지난 검진부터 오늘까지 3개월간 우리가 얼마나 매 순간 최선을 다해서 재미있게, 후회 없이, 충만하게 살고자 했는지 이야기를 나눈다. "이!"만 외칠 줄 알던 조카가 3개월 사이에 "이!모!"를 할 줄 알게 되었다. 하와이에서 하는 친구의 결혼식에 가서 오랜만에 많은 친구들을 만나 밤새 춤을 추며 놀았다. 필라테스를 꾸준히 다니면서 처졌던 힙이 아주 조금 올라간 것 같다. 회사에서도 최선을 다해서 문제를 해결하려고 했고 그 과정에서 새로운 것들도 많이 배웠다. 그래, 나는 수고했다.

병원에 가는 당일, 내 심장은 평소보다 조금 빨리 뛰기 시작한다. 병원까지 가는 차 안에서 남편과 나는 늘 그렇듯 한마디도 나누지 않는다. 말의 힘을 빌리지 않아도 어떤 생각을 하고 있는지 서로 너무나 잘 안다. 병원 가는 길의 그 공기는 언제 질식해도 이상하지 않을 정도로 무겁다. 불확실성이 온몸을 짓누른다. 사실 가장 힘든 것이 바로 이 불확실성이다. 6개월을 살지, 1년을 살지, 10년을 살지, 누군가 좀 알려줬으면 좋겠다. 차라리 암이 재발해서 내 운명이 확실해지는 게 이렇게 불확실한 상태로 생명을 3개월씩 연장하면서 사는 것보다 마음 편하게 느껴질 지경이다. 인간이 가장 견디기 힘든 것은 확실한 고통보다 불확실성이다. 확실한 고통과 불확실성 양쪽 모두를 극단으로 경험해본 사람으로서 자신 있게 이야기할 수 있다.

병원에 도착해서는 늘 그렇듯 간호사들과 인사를 하고 가벼운 이야기들을 나눈다. 체중을 잰다. 혈압을 잰다. 혈압과 맥박이 너무 높게 나와서 간호사들이 꼭 두 번, 세 번씩 잰다. 그러다가 내 차트를 보고 다들 아하, 이해하는 표정을 짓는다. 검사 결과 들으러 온 날이구나. 측은한 표정으로 의사부터 만나고 다시 측정하자고 제안한다. 진료실 앞에서 내 이름이 불리기를 기다리는 그 억만겁의 시간은 참 독특한 형태의 형벌이다. 초침이 움직일 때마다 누군가 내 가슴팍을 탁탁 내리치는 것 같다. 가슴에 생긴 빈틈으로 갑자기 '내일'이 비집고 들어온다. 내 암은 결국 재발했고 살 수 있는 방법은 없다. 가족과 친구들에게 알린다. 울음소리와 비명소리밖에 들리지 않는다. 내일이 더 집요하게 비집고 들어온다. 병실에 누워서 마지막을 기다린다. 그렇게 나는 마지막 숨을 내쉰다. 가족과 친구들이 내 장례식을 준비한다. 한국 장례 문화를 모르는 외국 친구들은 우왕좌왕한다. 육개장은 그들에게 너무 맵다. 빵이라도 좀 준비해주지. 기다리는 15분의 시간 동안 나는 그렇게 9999번의 장례식을 치른다. 평생 읽은 모든 자기계발서들도 이 불안 앞에서는 아무 소용이 없다. 다 잘될 거라는 근거 없는 긍정적인 자기 최면도 아무 소용이 없다. 종교가 없기 때문에 기도할 수 있는 신도, 나에게는 없다.

남편의 따뜻한 손길이 느껴지면서 다시 '오늘'로 돌아온다. 불안에 잠식되지 않고 마음을 안정시킬 수 있는 유일한 방법은 내일에 있지 않고 어제에 있다는 것을 이제는 잘 안다. 짧은 시간이지만 내 인생을 돌아본다. 나는 평범한 가정에서 태어나서 부모님의 사랑을 받으며 행복하게 자랐다. 성인이 되고 난 후 세상에 대한 호기심이 많았던 나는 여기저기 누비고 다녔다. 원하는 것을 위해 최선을 다해 노력했고 늘 주위에 도와주는 사람들이 많았다. 기회가 많아서 하고 싶은 일들을 많이 해볼 수 있었다. 젊은 나이에 건강을 잃었지만, 사랑하는 가족과 친구들은 끝까지 내 곁을 지켰다. 정말로 후회 없는 인생이었다! 스스로에게 거짓말할 수 없는 진실의 순간이다.

마음이 조금 안정되면서 운명을 마주할 용기가 조금씩 생겨나기 시작한다. 내 이름이 불린다. 진료실에 들어갈 시간이다. 슈뢰딩거의 고양이가 살았는지 죽었는지 상자를 열어볼 시간이 그렇게 성큼 다가왔다. 나도, 남편도, 주치의도 다 같이 떨리는 마음으로 그 빌어먹을 상자를 열어본다.

몇 시간 후, 나는 회사에 출근해서 내 자리에 앉아 있다. 고작 몇 시간 일을 안 했더니 이메일이 잔뜩 쌓여 있다. 할 일이 산더미다. 골치 아픈 의사결정들을 내려야 한다. 빨래를 걷지 않고 나왔는데 하필 비가 쏟아진다. 냉장고가 텅 비었는데 저녁은 뭘 먹어야 할지 고민이다. 오늘 아침까지 나를 그렇게 애틋하게 바라보던 남편은 연락이 안 된다. 분명 오늘 술을 잔뜩 먹고 들어올 것 같은데 늦게 들어오면 소파에서 자라고 잔소리를 해야겠다. 스케줄을 보니 온종일 미팅이 가득 차 있다. 부서 실적 지표를 보니 걱정이 앞선다. 회사 동료들과 투덜댄다.

하지만 이 평범한 일상이 얼마나 비범한 확률 위에 지어져 있는지 잘 알고 있다. 다음 상자를 열 때는 어떤 확률로 어떤 결과를 듣게 될지 전혀 모르겠다. 상자를 닫는 순간, 죽어 있는 상태와 살아 있는 상태가 다시 중첩되어 시간이 흘러간다. 하지만 슈뢰딩거의 암 환자는 다음 상자를 열기 전까지 살기로 결정한다. 일상의 사소한 걱정들도 하면서, 잔소리도 하면서, 투덜투덜하면서, 깔깔깔 웃으면서, 그렇게 치열하게 살기로 결정한다.

아무것도 바뀌지 않았지만 동시에 모든 것이 바뀌었다.

3부

그렇게 나는 다시 삶을 선택했다

그리스인 조르바의 초능력

몇 년 만에 식당에서 혼밥을 하기로 결심했다. 꽤 큰 결심이었다. 항암 치료를 종료한 지 얼마 지나지 않은 시점이라 집 밖에서 밥을 먹은 것이 언제인지, 마지막으로 식욕이 있었던 것은 언제인지, 남들 도움 없이 혼자서 무언가 했던 것이 언제인지 기억이 가물가물했다. 동네에 새로 생긴 그리스 레스토랑이 간만의 혼밥 장소로 결정됐다. 새로 생긴 것 같은데 늘 사람이 별로 없어서, 도전하기에 만만해 보였다. 낮 최고 기온이 36도를 육박하던 날이라 캡모자 속에 숨겨진 민머리를 타고 연신 땀이 주르륵 흘렀다. 더운 음식을 먹고 싶지 않아서, 수줍게 그릭 파스타를 주문했다.

포크로 파스타, 야채, 치즈를 골고루 돌돌 감아서 입에 넣었다. 입에 담는 순간 토마토, 오이, 양파의 채소즙이 폭발했다. 레몬 향과 생 파슬리 향이 코를 찔렀고 페타 치즈의 깊은 맛이 모든 것을 감싸고 있었다. 파스타의 쫀득함이 어긋니를 통해 느껴졌다. 살면서 이렇게 맛있는 음식을 먹어본 적이 없었다. 왜인지 갑자기 눈물이 흐르기 시작했다. 더 이상 단순히 파스타를 먹는 것이 아니게 됐다. 집에 온 남편에게 이 얘기를 하니 놀랍게도 남편은 그 식당 파스타가 정말 맛없다고 하는 것이었다. 내가 그리스 음식에 대한 조예가 깊지는 않지만 참 이상한 노릇이었다.

그리스는 가본 적도 없고 아는 것도 거의 없지만 그리스인 조르바라는 사람은 안다. 이 사람을 소개받은 것은 중학교 1학년 때 독후감 과제를 통해서였다. 나는 이 사람을 이해할 수 없었다. 하나의 직업을 꾸준히 갖지 못하고 이런저런 허드렛일이나 하면서 다녔다. 여자라면 그 누구도 마다하지 않았다. 미래에 대해서 별다른 대책도 없었다. 시도 때도 없이 악기나 연주하고 춤이나 추었다. 내가 아는 유일한 그리스인 조르바는 그런 사람이었다. 주인공이 이 사람의 이상한 매력에 점점 빠져드는 것을 이해할 수 없었다.

그러나 더 이해할 수 없는 일도 있었다. 생존율 50퍼센트를 위해 3기 치료를 받던 시절보다 생존율 15퍼센트를 향해 발버둥치며 4기 치료를 받던 시절이 더 즐거웠다는 것이다.

슬프고 불안한 날들이 없었다면 거짓말이겠지만 이상하게
도 죽음에 한 발자국 더 가까이 다가갔을 때, 또렷하게 살아
있음을 느꼈다. 상식적으로 말이 안 되지 않는가. 4기 암 선
고는 사실상 죽음인데. 항암제는 더 늘어났고, 몸은 만신창
이가 되어 거울을 볼 수 없을 정도로 망가졌는데. 주인공과
조르바가 열과 성을 다해 노력했던 광산 산업이 망했을 때
조르바가 왜 갑자기 춤을 췄는지 이해할 수 없듯이, 나는 나
자신을 이해하는 데까지 시간이 꽤 걸렸다.

어쩌면 살면서 처음으로 현재만을 살았기 때문일 것이다.
목표 지향적인 삶에는 큰 부작용이 따른다. 현재를 볼 수가
없다. 학창 시절에는 다음 학교 진학을 위해서 공부한다. 대
학에 가서는 취업을 준비한다. 취업을 하고서는 이직을 준
비한다. 한곳에 도달하면 마음은 이미 저 멀리 다음 곳에 머
물러 있다. 즉, 미래에 살고 있다. 미래에 살고 있으면 어떻
게든 나의 현재를 그 미래로 끌고 가야 한다. 그렇기 때문에
계획이 생기고, 통제가 생기고, 궁극적으로는 불안이 생긴
다. 내가 그린 미래에 가지 못하면 어떻게 될까에 대한 불안
감. 혹여라도 계획한 대로 가지 못하면 우리는 과거로 돌아

가서 그곳에 갇혀 산다. 무엇이 잘못됐을까. 그 길목에서 다른 선택을 했더라면, 조금 더 열심히 했더라면, 건강에 조금 더 신경을 썼더라면. 미래의 불안과 과거의 후회는 거울의 양면이고 꽤 비슷한 얼굴을 하고 있다.

그래서 3기 치료를 받는 시간이 너무나 힘들었던 것이다. 미래에 대한 병적인 집착을 열병처럼 앓다가 과거에 대한 후회의 무게로 삶이 점점 무거워졌다. 하지만 참 아이러니하게도 4기가 되면서 미래를 빼앗겼다. 미래의 끝이 보이는 순간, 미래를 생각하는 것은 더 이상 의미가 없어졌고 과거에 대한 후회도 무의미해졌다. 오로지 지금 이 순간, 내 앞에 있는 사람과, 내가 할 수 있는 일을 하며, 가장 즐거운 시간을 보내는 것이 중요해졌다. 친구들을 만나서 최대한 많이 웃으려고 노력했다. 조카에게 해주고 싶은 이야기들을 부지런히 글로 남기려고 노력했다. 비슷한 처지의 암 환우들에게 작은 도움이라도 주고 싶어서 노력했다. 미래를 다 빼앗기고 나서야, 현재를 살 수 있게 되었다. 4기 투병을 하던 그 6개월 동안, 그때까지 살아왔던 긴 세월보다, 훨씬 더 의미 있는 순간들을 만들어냈다. 현재를 산다는 것은 일종의 초능력이다. 하지만 재능이라기보다는 근육이다. 쓰면 쓸수록 노련해지는 근육이다.

이제 나는 '생각'보다 '감각'에 집중한다. 내일 있을 업무 미팅을 생각하다가 내려야 하는 정류장을 지나칠 뻔하면서 '언제 여기까지 왔지?' 스스로에게 묻는 경험을 누구나 갖고 있다. 생각에만 집중하면 이런 버스를 몇 년씩 타게 되고 정류장을 계속해서 지나가게 된다. 기억에 남지 않을 시간이 속수무책으로 흘러간다. 생각과 다르게 감각은 현재에만 존재한다. 누군가 정성스럽게 차려준 음식을 맛있게 음미하는 감각, 땀을 흘려 가며 운동을 하는 감각, 계절의 사소한 변화를 느낄 수 있는 감각.

생각을 너무 많이 하고 사는 삶에는 감각이 필요하다. 최근에도 출근을 하다가 걱정스러운 일을 어떻게 해결해야 될지, 이 일이 잘 안 풀리면 어떻게 해야 될지, 누구의 도움을 받아야 할지 끊임없이 생각하고 있는 나 자신을 발견했다. 생각의 흐름을 타고 이미 저 먼 미래에 가 있었다. 나는 즉각 걸음을 멈추고 감각에 집중했다. 따뜻한 햇살, 파란 하늘, 바람에 살랑이는 가로수. 그렇게 현재로 돌아왔다. 그래서 감각에 집중할 수 있는 활동들을 찾아서 한다. 최근의 취미는 도예이다. 손에서 느껴지는 찰흙의 느낌, 물에 젖은 흙의 냄새, 공방의 오래된 선풍기가 돌아가는 소리. 생각을 덜고 감각을 발달시킬수록, 현재를 온전히 살 수 있게 된다.

이제 나에게 가장 중요한 사람은 바로 앞에 있는 사람이다. 누군가를 앞에 두고 내내 딴생각을 한 경험은 다들 있다. 바빠서일 수도 있고 상대방의 이야기가 재미없어서일 수도 있다. 하지만 대화를 당장 중단할 수 있는 것이 아니라면, 어차피 함께 보내야 할 시간이라면, 그 시간을 소중히 여길 필요가 있다. 나는 내 앞에 있는 사람과의 대화에 완전히 몰입하려고 노력한다. 생각보다 어려운 일이다. 입을 좀 더 다물어야 하고 귀를 좀 더 열어야 한다. 상대방과 깊은 대화를 나누려고 노력하면 생각지도 못한 것들을 배울 수 있다.

최근에 업무를 통해서 새로 알게 된 사람과 의견이 맞지 않아 자주 충돌했다. 일대일로 대화할 수 있는 시간을 마련하고 그와의 대화에 집중하자 많은 변화들이 일어났다. 그 사람의 아들이 지적 장애가 있다는 사실도 알게 되었고, 그 사람이 업무에서 중요하게 생각하는 가치들을 알게 되었고, 그 사람이 사안을 바라보는 시각을 알게 되었다. 내 앞에 있는 누군가와 깊은 대화를 나누다 보면 현재에 살아 있음을 느낄 수 있다. 편견 없고, 판단 없고, 의도 없는 다양한 대화가 우리 삶에 필요한 이유다.

이제 나는 미래에 대해 통제할 수 있는 것이라고는 저녁에 뭘 먹을지 결정하는 정도라고 생각한다. 미래에 대해서 관심이 전혀 없다는 뜻은 아니다. 여전히 내 미래가 소중하다. 하지만 미래에 대해서 과도하게 계획하고, 통제하고, 걱정하는 것이 도움이 아니라 독이 될 수 있다는 사실을 이제는 잘 안다. 실패할 가능성에 대해서 과도하게 걱정했던 시절이 있다. 그렇기 때문에 한 발자국도 앞으로 나아가지 못하기도 하고 이미 남들이 남겨놓은 발자국만 따라가기도 했다. 하지만 이제는 실패에 대한 두려움을 많이 덜었다. 좀 망하면 뭐 어떤가. 아무것도 해보지도 못하고 안 망하느니 뭐라도 해보고 거하게 망할란다. 망했어도 축배는 들 것이고 가장 비싼 샴페인을 살 것이다.

소설을 읽은 지 20년이 지나서야 조르바라는 사람을 이해하게 되었다. 가진 것은 없어도 엄청난 초능력 보유자였다.

현재를 살아가는 방법을 가장 잘 알았던 것이다. 눈을 감고 몸을 흔들며 세상의 모든 것을 잊은 듯 산투르(그리스 전통 현악기)를 연주하며 '나는 지금 산투르요'라고 말하던 그는 현재를 온전히 경험하고 있었다. 과거의 업적이나 미래의 가능성으로 사람을 판단하지 않고, 눈앞에 있는 사람과 편견 없이 현재를 함께 즐길 줄 아는 사람이었던 것이다. 몽땅 망했어도 해변가에서 열정적으로 춤을 출 수 있는 사람이었던 것이다. 과거에 대한 후회도, 미래에 대한 불안도 없는 그는 현재를 살 수 있는 초능력을 갖고 있었던 것이다.

오랜만에 동네의 그리스 레스토랑에 들러야겠다. 오늘 저녁 메뉴는 그릭 샐러드다.

별 5개 ★★★★★

이상한 취미가 생겼다. 애초에 이 취미가 생긴 계기는 역시 이 망할 병 때문이었다. 침대에서 보내는 시간이 많아지면서 시간을 죽일 수 있는 다양하고 창의적인 방법들을 연구하게 되었다. 그러다가 생각지도 못한 곳에서 엔터테인먼트를 찾았다. 구글맵을 켰다가 손가락을 훅 하고 잘못 놀려서 남극으로 이동한 것이다. 아무것도 없는 하얀 땅덩어리에 연구 기지가 있었다. 우크라이나에서 운영하고 있는 것으로 보이는 이 연구 기지의 구글맵 리뷰를 호기심에 읽어보았다. "너무 아름다운 곳이에요. 근데 펭귄들의 소음이 심해서 잠들기 힘들었고요, 택시를 불렀는데 오는 데 3개월이 걸렸어요. 그래도 좋았어요. 별 4개." 이 터무니없는 리뷰를 계기로 나는 남극에 있는 모든 나라의 탐험 기지들을 찾아서 리뷰를 읽기 시작했다. 우리나라의 세종기지도 뽀로로가 실존하지 않는다는 이유로 당시에는 별점 테러를 당했던 것 같다.

그 이후로 나는 심심할 때마다 구글맵을 켜서 손끝으로 다양한 장소로 여행을 다니며 리뷰를 읽기 시작했다. "방 탈출 게임을 처음 해봤는데 나오는 데 6년 걸렸네요. 별 1개"라는 리뷰의 영국 교도소도 있었고 "모래가 너무 많은 동네입니다. 절대 라시드에게 낙타를 빌리지 마세요, 아픈 낙타를 팔았는지 사흘 만에 죽었어요. 별 3개"라는 리뷰의 사하라 사막 속 작은 도시도 있었다. 가슴을 뭉클하게 하는 리뷰도 많았다. "엄마가 살아 계실 때 마지막으로 함께 왔던 곳입니다. 초여름에 피는 이곳의 장미 정원을 엄마가 참 좋아했는데, 이제는 엄마 생각이 날 때마다 혼자 오네요." 별 5개를 받은 이란 테헤란의 한 공원 리뷰다. "작년에 큰 교통사고를 당해서 다시는 걷지 못할 줄 알았는데, 이곳에 와서 하이킹을 하다니 정말 세상을 다 가진 것 같아요." 별 5개를 받은 아이슬란드의 등산 코스 리뷰다. 장소는 장소만으로 존재하지 않는다. 그 장소에 대한 사람들의 기억, 추억, 이야기로 존재한다. 세상의 모든 장소와 인간사가 구글맵에 담겨있다.

그러고 보면 나도 리뷰하고 싶은 장소들이 있다. 가볍게 스쳐 지나간 장소들도 있고, 한동안 오래 머물렀던 장소들도 있고, 다시는 가지 못하는 장소들도 있다. 실망스러운 곳들도 많았지만 기대 이상이었던 곳들도 많았다. 문득 떠오르는 장소들을 가볍게 리뷰해볼까 한다.

태평양 ★☆☆☆☆ (별 1개) : 다섯 살이었던 저는 태평양을 가로질러 미국으로 이사를 가게 되었어요. 한국에서 티비로 미국에 있는 제 또래 친구들을 봤는데, 다들 머리가 금색이고 눈이 파란색이더라고요. 저는 당연히 비행 중에 제 머리도 금발로 바뀌고 눈도 파란색으로 바뀔 줄 알았어요. 화장실도 몇 번이나 가서 거울을 확인했는데 바뀌지 않아서 너무 초조했어요. 바다를 다 건넜는데도 제 모습은 그대로였어요. 아무래도 사기당한 것 같아요.

아무 데 ★★★☆☆ (별 3개) : 이곳에 너무 자주 와요. 결정하기 어렵거나 만사가 귀찮을 때, 저랑 남편은 어쩔 수 없이 이곳에 와요. 몇 주 전에는 김이 다 빠진 맥주랑 이상한 맛이 나는 멕시칸 음식을 주시더니 어제는 의외로 너무 맛

있는 돈카츠 정식을 주시더라고요. 좀 한결같으면 좋을 것 같습니다만. 그날그날 메뉴도 다르고, 위치도 다르고, 서비스도 달라서 항상 헷갈리는데 어쩔 수 없이 오늘도 오게 되네요. 남편에게 '아무 데나' 가자고 했을 뿐인데.

외할머니 품 ★★★★★ (별 5개) : 한겨울에도 가장 따뜻한 곳이에요. 귤도 직접 까서 입에 넣어주는 수준의 서비스를 제공합니다. 근데 문제는 귤을 서른 개 정도를 먹어야만 나올 수 있다는 거예요. 사과도 한 박스 정도는 먹어야 하고요. 떡도 최소 2kg 정도는 먹어야 해요. 정신 놓고 먹다 보면 굴러서 나와야 해요. 전 여기가 영원할 줄 알았는데, 그렇지 않더라고요. 이럴 줄 알았으면 조금 더 자주 방문할 걸 그랬어요. 이럴 줄 알았으면 조금 더 많이 먹을 걸 그랬어요. 이제 이곳은 더 이상 존재하지 않아요. 그래도 너무 좋았던 기억이 남아서 리뷰를 남겨봅니다.

적도 ★★★☆☆ (별 3개) : 너무 더워요. 화장을 하고 나가도 햇빛 아래서 10분만 걸으면 다 녹아서 없어져요. 옷을 아무리 예쁘게 차려입어도 땀으로 엉망진창이 돼버려요. 근데 오히려 차려입지 않아도 돼서 편해요. 엉망으로 다녀도 흉볼 사람이 없어서 편해요. 내 멋대로 살 수 있어서 편해요. 사계절이 없어서 옷 값이 안 들어서 좋기도 하고요. 아, 근데 바 선생의 크기가 남달라요. 걸을 때 그 조그마한 발걸음이 소리도 내더라고요. 어떻게 아냐면요, 저도 알고 싶지 않았어요.

성공가도 ★★☆☆☆ (별 2개) : 남들이 좋다고 해서 와봤는데 생각보다 별로네요. 여기로 오는 길이 왜 1차로 하나밖에 없는지 잘 이해가 안 가요. 길을 좀 여러 개 뚫어주면 안 되나요? 정체도 너무 심하고 시간도 너무 오래 걸렸는데 기껏 와보니까 왜 왔는지 까먹었어요. 누군가랑 시간 약속을 한 것도 아닌데 마치 약속에 한참 늦은 사람처럼 초조하고 불안하게 달려왔어요. 막상 와보니까 경치는 그냥 그런데, 좀 더 예쁜 길로, 천천히, 돌아서 올 걸 그랬나 봐요. 충분히 그래도 됐을 것 같은데.

지구오락실 ★★★★☆ (별 4개) : 새로 오픈한 오락실이었는데 좀 유치할 것 같아서 방문을 안 했어요. 제가 한창 아프고 우울했던 시기였죠. 처음에는 웃음을 잃었고, 그러다가 말을 잃었고, 나중에는 표정도 잃었어요. 마지막으로 웃은 게 언제인지 기억도 안 날 때쯤에 길을 잃고 헤매다가 결국 오락실에 들어가게 되었어요. 좀 이상한 여자애들 넷이서 게임을 하고 있던데 갑자기 같이 하자고 그러더라고요. 얘네랑 놀다 보니 갑자기 웃음보가 터졌어요. 거의 몇 달간 웃은 적이 없었던 제가 한순간에 정말 빵 하고 터지더라고요. 그렇게 아무렇지도 않게, 다시 터지더라고요. 재밌게 잘 놀다 갑니다.

룩셈부르크 미국학교 도서관 P열 ★★★★☆ (별 4개) : P열 마지막 칸에 고전 19금 소설이 잔뜩 있습니다. 어떻게 아냐고요? 제가 이 소설들을 읽고 불과 6개월 만에 영어를 못하던 전교 꼴찌에서 귀가 트인 전교 1등이 되었거든요. 시드니 셸던, 재키 콜린스, 대니엘 스틸, 해럴드 로빈스. 1등 성적표를 당신들에게 바치고 싶습니다. 감사합니다.

지금, 여기 ★★★★★ (별 5개) : 이 장소가 1점짜리로 느껴지는 날들도 많고 어떤 날은 정말 0점을 줄 수 있다면 그러고 싶어요. 5점으로 느껴지는 날들은 정말 드물고 늘상 3점짜리 정도로 느껴져요. 그저 그런, 평범한 장소. 하지만 어쩌면 평범한 것이 가장 어려울지도 모르겠네요. 매일 마주하는 이 공간을 평가할 수 있는 건 오로지 나뿐이에요. 그렇기 때문에 가장 중요한 장소이고, 나는 이 장소를 깨끗하게 치우고 반듯하게 가꿀 책임이 있어요. 다른 장소들에 신경이 팔려서 이 공간을 소홀히 하면 그건 죽는 거나 마찬가지예요. 죽는 것보다 못한 삶을 살 수는 없잖아요.

우연한 계기로 저 멀리 남극까지 여행하고 돌아온 끝에, 나는 가장 멀고도 가까운 곳에 도착한 셈이다. 구글맵 리뷰 탐험이 재밌는 이유가 여기 있다. 여정이 어디서 끝날지 알 수 없다. 세상은 너무 넓고, 그 안에는 수많은 이야기들이 바글바글하다. 오늘도 자기 전에 시간이 조금 남으면 가본 적 없는 곳으로 여행을 떠난다. 가성비 최고의 방구석 여행이다.

처음 그리고 마지막

"마지막 생리 일자가 어떻게 되시나요?"

나를 쳐다보지 않고 사무적으로 묻고 있는 이 간호사가 하루에 이 질문을 몇 명에게 할까 문득 생각해본다. 아마도 은행 상담원이 "고객님의 소중한 정보 보호를 위해 주민등록번호 앞 자리를 말씀해주시겠어요?"라고 질문해야 하는 사람의 숫자와 얼추 비슷하지 않을까 싶다. 마지막 생리 일자는 주민등록번호, 키, 몸무게, 혈압과 별반 다르지 않다. 별로 흥미롭지 않은 차트 위의 숫자에 불과하다. 가장 사무적이면서도 가장 사적인 이 질문에 병원 대기실에 앉아 있는 여자들은 다양하게 반응한다. 시선을 허공으로 돌리면서 곰곰이 생각하는 사람, 월경 앱을 꺼내서 날짜를 확인하는 사람, "지난주요!"라고 대답하기에 유리한 상황에 있는 사람. 어떤 경우든 우리는 숫자를 쥐어짜내고 간호사는 별다른 흥미 없이 숫자를 적는다. 이 단조롭고 기계 같은 질문에 신박

한 답변을 할 수 있는 대단한 능력을 갖춘 사람은 오늘도 나 뿐인 것 같다.

"저는 폐경 상태입니다!"

간호사가 당황한 표정으로 내 얼굴을 보고, 차트의 나이를 보고, 다시 내 얼굴을 본다.

이런 대답을 하기까지 나는 꽤 많은 시행착오를 겪었다. 2022년 3월이 마지막 생리라고 하면 2024년이요? ▶ 아니요, 2022년이요. ▶ 네? 2023년이요? ▶ 아니요, 2022년이요. ▶ 아……(당황) ▶ 제가 암에 걸려서 이런저런 치료를 했는데, 그게 어쩌고저쩌고, 구구절절. 이렇게 간호사들과 늘 스무 고개를 넘어야 한다. 그 과정을 몇 번 겪은 이후로 나는 깔끔하게 서로의 시간을 낭비하지 않기 위해 "저는 폐경 상태입니다!"라고 훅 치고 들어가기로 했다. 너무 기운 없이 침통하게 이야기하면 상대방이 안타까운 반응을 보여야 하는 압박을 느낄 수 있다. 간호사나 의료 사무직들이 얼마나 감정 노동을 해야 하는지 누구보다 잘 알고 있기 때문에 그런 부담을 줄여주고 싶다. 그래서 미소를 머금고 아주 당당하게 "저는 폐경 상태입니다!"라고 외친다. 미친 사람이라 그리 외치는 것이 아니다. 여기까지 온 데에는 나름의 이유와 명분과 설계가 다 있다.

　문득 왜 아무도 초경이 언제인지는 궁금해하지 않는지 조금 섭섭한 마음이 든다. 마지막 월경은 그렇게 많은 관심을 가져주면서 초경은 관심을 가져주는 사람이 없다. 생일 파티에는 아무도 오지 않다가 죽고 나서 장례식에나 사람들이 가득 나타나는 것과 무엇이 다르단 말인가. 마지막에 대한 이야기를 하기 위해서는 늘 처음에 대한 이야기도 해야 한다.

　첫 생리는 불안한 경험이었다. 중학교에 막 입학해서 적응을 해나가던 무렵, 여름처럼 더운 어느 봄날이었다. 딱딱한 학교 걸상에 겨우 적응이 돼가고 있던 어느 날, 엉덩이가 따뜻하고 축축해졌다. 무언가 심각하게 잘못되었다는 것을 깨닫고 나는 종일 책상에서 일어나지 않았다. 친구들이 다 집에 가고 늦은 저녁이 되어서야 자리에서 일어섰다. 피 묻은 내 걸상을 몰래 후다닥 문질렀다. 누군가 볼까 봐 너무 불안했다. 앞으로 어떻게 될까, 더 불안해졌다. 이제 극도로 조심을 해야 한단다, 상황을 경계해야 한단다, 조신하게 행동해야 한단다, 이제 정말 여자가 되었단다. 초경에 줄줄이 따라오는 것들이 많았다.

여자가 된다는 것은 그렇게 불안을 마주하는 것이다. 여자로서 인생 앞에 놓인 수많은 의사결정들은 불안을 동반한다. 누구를 만날 것인가, 정착을 하긴 할 것인가, 정착한다면 누구와 할 것인가, 이 사람이 맞나, 아이를 낳을 것인가, 가정을 어떻게 꾸릴 것인가. 답을 알려주는 사람도 없고, 데이터도 충분하지 않고, 시간은 무한하지 않다. 생리가 시간에 맞춰 본능적으로 찾아오는 것처럼, 우리도 시간에 쫓겨 본능적으로 의사결정을 하고, 본능적 의사결정에는 늘 불안이 함께한다. 그러고 보면 생리는 늘 혼자 오는 법이 없다. 불안과 함께, 안도와 함께, 실망과 함께, 희망과 함께, 짜증과 함께 찾아왔다. 늘 무언가를 옆에 끼고 나타났다.

마지막 생리도 그랬다. 방사선 치료 계획과 항암 계획을 얘기하면서 의사는 이 치료가 내 몸에 어떤 영향을 줄지 조심스럽게 설명했다. 여성의 생식 기관 중에서 난소가 가장 먼저 방사선의 영향을 받기 때문에 폐경은 어쩔 수 없다고. 집요하고 주기적으로 월경 파워를 뿜어대던 난소는 알고 보니 제일 유리 멘탈이었던 것이다. 한 달의 거의 절반은 내 몸을 망가뜨려놓았던 대단한 존재였던 난소가 이렇게 힘없이 가장 먼저 죽음을 맞이해야 한다니 우습기까지 했다. 의사는 내가 아직 30대고 아이가 없기 때문에, 자녀 계획이 중요하다면 난소를 떼어다가 치료의 영향을 받지 않는 복부 위쪽으로 옮기는 시술을 할 수 있다고도 했다. 있어야 할 곳에 있지 못하고 엉뚱한 곳으로 쫓겨난 난소는 너무 처량하다. 어차피 죽을 운명이라면 그런 객사(?)를 선사하고 싶지 않았다. 난소의 죽음은 품위 있는 죽음이어야 했다. 내가 여자로서 안고 살았던 기대, 불안, 가능성, 그리고 그 역사가 나무테처럼 난소에 있기 때문이다.

방사선 치료를 시작한 지 몇 주 안 돼서 생리가 시작되었다. 완전한 폐경이 오기까지 몇 달 걸릴 수 있다는 의사의 설명이 있었지만 나는 직감적으로 그것이 마지막 생리가 될 것임을 알았다. 이런 식의 작별은 원하지 않았다. 남들보다 20년 빨리 맞이하는 이별이라니. 마지막 생리를 하던 내내 나는 난소의 마지막 모습을 상상했다.

인생이 얼마 안 남았음을 잘 알고 있는 그녀는 한껏 차려입는다. 최고급 소재의 핫핑크색 바지 정장을 위아래로 맞춰 입는다. 평소에는 불편해서 자주 신지 못했던 큐빅 잔뜩 박힌 플랫폼 힐을 마지막으로 신어본다. 가지고 있는 모든 주얼리를 한꺼번에 걸친다. 금, 은, 진주, 다이아몬드를 목에, 손목에, 발목에 치렁치렁 늘어뜨린다. 투머치인가 잠시 고민하지만, 마지막인데 뭐 어때, 생각한다. 헤어는 크고 화려하게 세팅한다. 오랜 시간 공들여서 꼼꼼하게 메이크업을 완성한다. 윤기가 좔좔 흐르는 코트를 걸치고 집을 나서기 전에 마지막으로 거울을 본다. 아, 역시 나는 너무 예쁘다. 눈물이 한 방울이 고여서 주르륵 떨어지기 직전에 잽싸게 시가를 입에 물고 뚜껑 없는 핑크색 페라리를 시원하게 몰며 본인의 환송회에 간다. 양손에 샴페인을 들고 번갈아 마시던 그녀는 마지막으로 입을 연다. "얘들아, 언니는 먼저 간다. 조금 급작스럽지만 난 무섭지 않아. 여자로서 참 많이도 불안했지만, 여자이기에 강해졌거든! 잘 있어라, 우리 마지막으로 콸콸 쏟아붓고 가보자."

비장한 난소의 유언으로 시작해서 마지막 생리는 폭풍같이 지나갔고 그렇게 끝나버렸다. 생각보다 슬프지도 않았고 허망하지도 않았다. 그런데 인터넷에 '폐경'을 쳐보면 세상의 모든 불행을 마주한다. 피로, 기억력 감퇴, 수면 장애, 체형 변화, 골다공증, 각종 합병증, 우울증, 성격 장애, 자신감

저하, 여자로서 사형선고, 불안감. 그놈의 불안은 왜 여기서도 등장하는지 모르겠다. 생리를 시작하면서 내 인생에 끼어 들어온 불안감은 생리를 끝내는 시점에서도 죽지 않는 좀비처럼 등장한다. 고달프다, 여자의 인생. 본격적으로 불행해질 준비를 해봤다. 그래, 이리 오너라.

자다가 땀에 흠뻑 젖어서 일어나는 일이 종종 생겼다. 회사에서 멀쩡하게 회의하다가 갑자기 몸에서 땀이 솟구치는 일도 많아졌다. 사람들은 내가 엄청 화가 났거나 엄청 긴장했다고 오해하곤 했다. 별로 먹는 것이 없어도 살이 많이 찌기 시작했다. 하루종일 굶어도 살은 1그램도 빠지지 않는, 물리의 법칙이 더 이상 적용되지 않는 신기한 몸뚱이가 되었다. 하지만 신기하게도 인터넷이 확실하게 약속했던 불행은 몰려오지 않았다. 기다리고 기다렸지만 아직 오지 않고 있다.

나는 여전히 똑같은 나다. 그저 생리에서 해방되어 조금 편해진 나다. 여자로서의 정체성을 특별히 잃지도 않았다. 내가 여자로서 좋아하고 사랑했던 모든 것들을 여전히 똑같이 좋아하고 사랑한다. 평생 없다가 갑자기 불룩 생긴 뱃살과 통짜 허리도 나름 봐줄 만하다. 살면서 내가 이루었던 그 어떠한 성취보다 여자로서의 인생을 처음부터 마지막까지 충실하게 살아온 내 몸뚱이가 가장 자랑스럽다.

범고래는 신기하게도 암컷들이 폐경 이후 무리에서 중요한 리더 역할을 맡는 경우가 많다고 한다. 폐경이 오기 전까지는 다른 동물들과 마찬가지로 암컷의 역할이 출산과 육아다. 하지만 폐경 후에는 집단을 이끌고 양질의 먹이를 어디서 찾을 수 있을지 정보를 제공한다. 특히 어려운 환경에서 생존에 필수적인 지식과 기술을 전달하는 중요한 역할을 맡게 된다. 폐경 이후의 암컷 범고래가 있는 집단은 그렇지 않은 집단보다 생존율이 월등히 높다. 평생 생식 기능만을 담당하던 이들이 폐경 이후에 사회적인 기능을 담당하게 되면서 집단 전체의 생존율을 높이는 것이다.

치옴과 마지막의 기억을 안고, 범고래처럼 앞으로 헤엄쳐 나가보기로 한다.

바위, 파도, 다스베이더, 빨간 망토 차차

파란 바다 위에 바위 덩어리 열댓 개가 둥둥 떠 있다. 색상이 미묘하게 조금씩 다른 어두운색 모자를 푹 눌러쓴 여자들 열댓 명이 병원의 단체 상담실에 빙 둘러 앉아 있다. 원래는 어린이 병실로 사용하던 곳을 개조했는지, 바닥에는 바다, 물고기, 꽃게, 모래성이 그려져 있다. 갑자기 모두 나를 바라본다. 심장이 쿵쾅거리기 시작한다. 말을 하고 싶은데 입이 떨어지지 않는다.

이건 말이 안 된다. 나는 몇천 명 앞에서 발표를 해본 적도 많고, 이름만 들으면 알 수 있는 사람들 앞에서도 떨지 않고 프레젠테이션을 해본 적도 많다. 그런 내가, 고작 자기소개 하나 못해서 이렇게 바들바들 떨고 있다니. 자기소개를 어떻게 해야 할지 전혀 모르겠다. 살면서 수없이 자기소개를 해봤지만 늘 '어느 회사에서 무슨 일을 하는 땡땡땡입니다' 였다. 회사, 업계, 직함 등을 말하지 않고서는 자기소개를 해본 적이 없었다. 그런데 이곳에서는 그런 정보가 전혀 중요하지 않았다.

"이름은 제니고요. 한국 사람이고요. 자궁경부암 4기라고 합니다. 마리나 베이에 살고 있어요. 회사에 다니고 있었고, 여기서 네트워킹을 했으면 해요. 아, 한국 사람이라고 얘기했던가요."

네트워킹이라니, 무슨 미친 소리인가. 친하게 지내자고 얘기하고 싶었는데 속세의 단어가 튀어나와버렸다. 이렇게 허둥지둥 자기소개를 하고 지나갔다. 암을 한 차례 겪었던 지인이 다른 여성 암 환우들과 함께하는 서포트 그룹이 도움이 될 것이라고 제안해서 온 것이다.

나중에야 안 사실이지만 4기라고 밝힌 것은 실수였던 것 같다. 4기 환자들과 다른 기수의 환자들을 섞어서 진행하는 서포트 그룹은 많지가 않다. 다른 환자들은 4기가 될 수도 있다는 공포 때문에 4기 환자의 이야기를 듣는 것을 힘들어한다. 나도 그랬다. 그래서 이해한다. 암세포가 몸 어디까지 들쑤시고 돌아다녔나에 따라 이곳에도 엄연한 급이 존재했다. 그리고 그 급이 확실하게 느껴졌다. 이곳 사람들에게는 내 존재 자체가 죽음이었다.

그런 상황에서 가장 처음으로 나에게 다가온 사람은 작은 얼굴 대비 너무나 큰 검은색 버킷 모자를 쓴 서양 여자였다. 핏기도 웃음기도 없는 표정으로 "어서 와요"라며 손을 내밀었다. 차가운 손 둘이 만나면 더 이상 별로 차갑게 느껴지지 않는다. 그녀는 볼 때마다 그 거대한 검은색 버킷 모자를 쓰고 있었고 늘 똑같이 무표정이었다. 편의상 그녀를 다스베이더라고 부르기로 한다.

이내 또 한 명이 더 다가왔다. 내 반쪽도 안 될 것 같은 사이즈의 생글생글한 동양 여자였다. "안녕하세요, 너무 환영해요!" 작은 체구에서 나온다고는 믿을 수 없는 쩌렁쩌렁한 목소리였다. 말할 때마다 손동작은 또 어찌나 크던지. 그녀는 항상 빨간색 숄을 두르고 다녔다. 편의상 그녀를 빨간 망토 차차라고 부르기로 한다. 머리와 얼굴의 털이 모두 빠지고 나면 인종도 나이도 알아보기 어려운 상태가 된다. 그래서 본인만의 아이템이 있는 게 좋은 것이다. 그래야 서로 헷갈리지 않고 단번에 알아볼 수 있다.

다스베이더는 건조해서 찢어질 것 같은 영국식 유머가 가득한 유방암 3기의 여자였다. "How are you"라는 누군가의 미소 가득한 질문에 무표정하게 "I'm alive"라고 대답하는 여자였다. 때로는 "I'm dying"이었고 때로는 "I'm sick"이었다. 교과서의 정석인 아임 파인 땡큐 앤드 유는 절대로 들을 수 없었다. 저 과감한 솔직함이 가끔은 부러웠다. 아임 파인 땡큐 앤드 유를 한국의 영어 시간에 배우는 이유는 우리가 동방예의지국이기 때문이다. 죽을 것 같은 날에도 아임 파인 땡큐 앤드 유라고 답변하는 내가 너무 싫었다.

차차는 "Hello, Everybody!" 하고 소리를 지르며 들어오는 폐암 3기의 여자였다. 손에는 언제나 봉지들이 잔뜩 달려 있었고 거기에는 대개 본인이 만든 말레이시아 간식들이 담겨 있었다. 그 조그마한 몸집으로 누군가 뭘 혼자 들고 가는 걸 보고 있지 못해 도와주고 싶어서 안달했다. 핵인싸였다. 50대 정도는 돼 보이는데 엄청난 에너지의 소유자였다. 그녀가 지나갈 때마다 빨간 망토 차차의 주제곡이 머리에 자연스럽게 울려 퍼진다. "신비한 마법의 힘으로, 어둠의 세계, 모험의 나라, 그곳을 찾아 떠나가네. 힘을 합하면 안 되는 일도 다 함께 헤쳐나갈 수 있죠~"

다스베이더, 차차 그리고 나는 이 모임에서 계속 마주치면서 제법 가까워졌다. 그 시간 동안 많은 사람들이 들어오고, 많은 사람들이 나갔다. 밀물과 썰물이 오가는 동안 우리 셋은 바닷가의 바위처럼 그저 묵직하게 자리를 지키며 파도를 철썩철썩 맞았다. 어떤 파도는 너무 아팠다. 나오던 사람이 소식도 없이 더 이상 나오지 않으면 부고를 들을 마음의 준비를 해야 했다. 고통을 함께 겪는 사이는 늘 각별하지만 죽음을 함께 겪는 사이는 파도를 함께 맞는 바위들처럼 비장하고 든든하다.

다스베이더의 까만 버킷 모자는 그녀의 가장 친한 친구가 직접 만들어준 것이었다. 그녀는 남자 친구를 따라서 싱가포르로 이사를 왔는데, 그녀의 투병이 길어지면서 관계가 송두리째 흔들리기 시작해 그녀는 그를 놓아주려고 마음을 다잡고 있었다. 그런데도 그녀는 유머 없이는 하루도 살 수 없었다. 'Tumor needs humor(종양은 유머가 필요하다)'는 그녀가 입버릇처럼 달고 사는 말이었다. 그녀의 말은 언제나 완벽했다. 쓸데없는 말은 단 한 단어도 뱉지 않았고 모든 단어들이 묵직하게 치고 들어왔다. 온몸에 항암 줄을 주렁주렁 달아도 아픈 사람처럼 보이지 않았다. 그 주렁주렁한 줄들이 훈장 같은 느낌을 주기도 했다. 그녀는 닭고기와 계란을 함께 먹는 것을 집단 종족 학살이라며 극혐했고, 자기가 암에 걸린 이유는 자기를 싫어하는 누군가의 사주(?)라고 굳게 믿고 있었다.

차차의 빨간 숄은 그녀의 아들 둘이 사준 것이었다. 그녀는 항암 중에도 급식 봉사를 가서 60인분의 수프를 만들기도 했고 교회 대청소를 진두지휘하고 오기도 했다. 어머니가 고등학교 때 암 투병을 5년간 하다가 돌아가셨다. 그 시절에 대한 트라우마를 자녀들에게 물려주게 된 데 대한 죄책감을 떨쳐내기 힘들어했다. 살림이 빠듯해서 돈을 끌어 모으는 것이 인생의 목표였지만 지금은 자식들이 대학 갈 때까지 살아 있는 것이 목표가 되었다. 바늘이 들어갈 곳이라고는 하나도 없어 보이는 그 작은 몸에, 팔과 손의 혈관들이 제 역할을 못하게 되자 발등까지 주사 바늘이 들어가게 되었다. 운명이 그렇게 가혹하게 찔러대도, 그 뾰족한 끝을 따뜻하게 녹여버리는 무언가가 그녀에게 있었다. 치료 중반부터 들고 다니기 시작한 지팡이가 마법봉으로 보이기까지 했다.

서로 더 이상 얼굴을 보지 않아도 되는 좋은 날이 오기는 왔다. 다스베이더가 가장 먼저 그룹을 졸업했고, 몇 주 뒤에 차차도 졸업했다. 졸업하기까지 내가 가장 오래 걸렸다. 모두가 '정상인'이 되어서 떠나간 뒤에는 연락을 잘 하지 않았다. 떠난 사람의 입장에서는 남은 사람한테 미안해서, 남은 사람의 입장에서는 떠난 사람이 아픈 기억을 다 떨쳐내고 새로 시작하길 바라기 때문에 연락이 뜸해진다. 단절이 곧 배려이다. 그럼에도 종종 그들을 생각했다. 그들에 대해 꽤 많은 것을 안다고 생각은 했지만 '정상인'들의 사회에서는 어떤 일을 하면서 살아가는 사람들인지 한 번도 제대로 물어본 적도 없고 알 필요도 없었다.

시간이 흐르고, 머리가 새침한 숏컷 수준으로 자랐을 때, 나는 인터넷을 하다가 너무나 익숙한 사진을 봤다. 다스베이더였다. 그녀의 커리어에 대한 인터뷰 기사를 보게 된 것이다. 다스베이더는 대형 로펌의 파트너 변호사였다. 어쩐지, 모임에서 한 환자가 남편이 바람을 피우는 것 같다는 얘기를 한 적이 있는데, 언제나 무표정하던 얼굴에 갑자기 미친 생기가 돌면서 질문을 해대고 조언을 하더라니. 임상 실험 관련된 이야기를 할 때도 법적 요건들에 대해서 매우 잘 아는 것 같았다.

차차의 직업을 알게 된 것도 우연이었다. 차차는 의류 사업을 하는 사람이었다. 어느 날 병원에 가니 간호사들이 커다란 박스들을 옮기고 있었다. 차차가 간호사들에게 옷을 잔뜩 보내줬다고 했다. 우리 중에 옷이 가장 많았던 것 같기도 하다. 그리고 어느 동네의 상가 월세가 얼마인지 빠삭히 잘 아는 눈치였다. 역시, 그녀는 사업을 하는 사람이었다.

모임을 졸업한 지 1년 정도 지나고서 나는 둘에게 오랜만에 연락해보았고, 만남이 성사되었다. 변호사 다스베이더, 사업가 차차와의 만남은 처음만큼이나 심장이 터질 듯했다. 다스베이더는 나를 보자마자 "살아 있네?"라며 씨익 웃었다. 그녀의 머리는 이제 단발 정도로 꽤 자랐는데 짙은 갈색의 붕 뜨는 곱슬머리라 버킷 모자를 쓰지 않아도 여전히 다스베이더 같았다. 차차는 내가 가장 싫어하는 냄새나는 과일 두리안으로 컵케이크를 만들어 왔다면서 우리에게 꾸역꾸역 안겨주었다. 치료 후에 다리가 많이 안 좋아졌는지 지팡이, 아니 마법봉을 계속 들고 다니는 것 같았다. 그 마법봉이 바닥을 노크할 때마다 그곳에서 새빨간 꽃이 피어날 것만 같았다.

그들은 치료 내내 극도로 안티 소셜했던 내가 소셜미디어 회사에 다닌다는 사실에 폭소했다. 변호사 다스베이더는 결국 남자 친구과 헤어졌고 영국으로 돌아가서 자기 로펌을 개업할 예정이었다. 사업가 차차도 막내가 내년에 대학을 가면 싱가포르의 사업을 접고 말레이시아로 돌아가서 남편과 페낭이라는 바닷가 도시에서 침구류 사업을 할 예정이었다. 다행히 우리 중에 아직 재발한 사람은 없었다. 우리는 처음으로 병에 대한 이야기가 아닌 미래에 대한 이야기를 나누었다.

오랜 수다 끝에 작별 인사를 했다. 이렇게 셋이 모이는 것은 아마도 우리 인생에서 마지막일 것 같았다. 무표정하던 다스베이더도 처음으로 슬퍼 보였고 차차의 눈망울은 이미 촉촉해져 있었다. 서로를 안아주고, 그 온기가 채 식기 전에 휙 돌아섰다. 찜통같이 더운 날이었음에도, 그 온기가 식는 것이 못내 아쉬워서 나는 갑자기 뛰기 시작했다.

그렇게 모두가 떠나가고 나는 다시 바위가 되어서 섬에 남는다. 바닷가 옆을 따라 집으로 뛰어가면서 들리는 파도 소리가 이상하게 슬프지 않고 제법 시원하다. 철썩철썩.

아주 공적인 험담

처음 책을 쓴다고 했을 때, 남편은 자기에 대해 어떤 이야기를 쓸지 매우 불안하다고 했다. 내가 자기 험담을 할까 봐 걱정하는 것 같다. 수많은 대중이 볼 수도 있는 책에 남편 욕을 갈겨놓는 사람이 있을까 싶은데, 내가 그런 사람일 거라 생각하는 것도 기가 막힌데 그런 사람과 어떻게 살을 맞대고 사는지도 좀 의문이다. 쓸데없는 걱정은 하지 말라고 계속 안심시켰다. 우리의 아주 로맨틱한 사랑 이야기를 쓸 거라고. 그런데 자꾸 불안해하는 모습을 보니 기분이 퍽 상한다. 그래서 그의 소원대로 신나게 험담을 할까 한다.

나는 사실 1996년, 초등학교 6학년 여름방학 때 비혼주의자가 되기로 결심했다. 사건의 발단은 장대비가 퍼붓던 날 우리 집에 세계 문학 전집을 팔러 온 방문판매원의 성공적인 영업이었다. 이제 겨우 사회에 나온 20대 중반의 언니가 생쥐처럼 비를 맞으면서 온 것이 안타까웠는지, 미국에서 살다 온 두 딸들이 아직도 학교에서 국어 맞춤법을 다 틀리는 것이 안타까웠는지, 엄마는 약 50권 세트로 되어 있는 전집을 질러버렸다. 중학교를 올라가면 공부를 많이 해야 한다던데, 책을 읽을 여유는 이 여름이 마지막일 것 같아서 나는 여름 내내 고전을 읽었다.

일단 고전 문학에는 제정신으로 결혼 생활을 유지하고 있는 사람이 거의 없었다. 『마담 보바리』에서 에마는 불륜을 저지르고 사치를 하고 결국 자살을 한다. 결국 남편도 사망하고 딸은 고아가 되었던 것 같다. 셰익스피어의 『오셀로』는 머리가 지끈거렸다. 질투, 오해, 의심이 계속 쌓이다가 오셀로가 결국 이상한 계략에 넘어가서 아내를 죽이고 자살한다. 『카라마조프가의 형제들』도 정말 어질어질하다. 표도르는 방탕하고 무책임한 삶을 살면서 두 번의 결혼 모두 비극적으로 실패하고 아들들은 뿔뿔이 흩어지고 가정은 붕괴된다. 그해 여름, 나는 절대로 결혼하지 않기로 결심했다.

그 후 열두 번의 여름이 더 지나고 맞은 스물여섯 살의 여름에 나는 일터에서 남편을 처음 만났다. 이상하리만큼 고

전적인 남자였다. 매일 신문을 들고 다녔고, 잉크를 수동으로 넣어야 하는 만년필로 고무줄 달린 수첩에 깨알같이 메모했다. 퇴근할 때가 되면 타이타닉 잔해에서 건진 것 같은 200년은 족히 돼 보이는 가죽 가방에 신문, 잉크, 만년필, 수첩을 모두 넣고 조용히 퇴근했다. 한편으로는 예순 살짜리 영감이 몸에 들어 있는 것 같았고, 어떤 한편으로는 문학을 좋아하는 소년 같아 보였다. 속눈썹은 나보다 길었고, 눈빛은 사슴처럼 깊고 그윽했고, 웃음은 너무 귀여웠고, 나는 갑자기 사랑에 빠졌고……

다시 정신을 차리고 험담에 집중하기로 한다. 그 후 10년이라는 긴 시간 동안 연애를 했음에도 불구하고 결혼 생활은 쉽지가 않다. 가만 생각해보면 이건 다 남편 때문이다.

남편은 자꾸 내가 거짓말을 하게 만든다. 남편은 지독한 힌두교 채식주의자고 나는 지독한 무신론 육식주의자다. 식당에서 크림 수프를 시켰는데 남편은 이렇게 맛있는 수프는 먹어본 적이 없다고 극찬했다. 그도 그럴 것이 먹다 보니 바닥에 큼지막한 스테이크 덩어리가 있는 것을 내가 먼저 발견했다. 그럼 그렇지. 힌두교도들은 소를 먹으면 지옥에 간다고 했던 것 같은데, 나는 그 큼지막한 덩어리를 남편이 안 볼 때 꿀꺽 삼키고 모르는 척 넘어간다. 남편은 물건을 끝도 없이 수집하고 나는 물건을 끊임없이 버린다. 집에 물건이 너무 쌓일 때면 나는 남편이 출장 갔을 때를 틈타 안 쓰는 그의 물건들을 몰래 버린다. 그러다 그가 어느 날 묻는다. 2017년에 태국 여행 갔을 때 샀던 파란색 줄무늬 셔츠가 어디 있냐고. 나는 그런 것은 애초에 존재하는지도 몰랐다며 모르는 척 넘어간다. 내가 암 판정을 받고 남편은 첫 한 달간 내 앞에서 힘든 내색을 한 적이 한 번도 없었다. 잠깐 산책하고 오겠다고 나간 남편을 우리 집 창문으로 내다봤다. 그는 갑자기 길바닥에 주저앉았다. 소리는 들리지 않았지만, 그는 목 놓아 울고 있었다. 지진이 난 것처럼 온몸이 떨리고 있었다. 한참 뒤에 그는 웃으면서 돌아왔다. 나는 모르는 척 넘어갔다.

남편은 타이밍을 참 못 맞춘다. 항암으로 머리가 우수수 빠지기 시작하면서 집 곳곳에 내 머리카락이 없는 곳이 없었다. 우리는 같이 미용실로 달려갔다. 머리카락 청소가 너무 지긋지긋했기에, 나는 눈물 한 방울 흘리지 않고 웃으며 머리를 시원하게 밀었다. 그리고 남편은 내내 눈물을 흘렸다. 머리를 깎고 집에 와서야 화장실 거울에 비친 달걀 같은 내가 너무 낯설었다. 눈물이 주르륵 나기 시작했다. 남편은 그 타이밍에 청소기를 가지고 들어와 시끄럽게 온 집 안을 헤집고 돌아다녔다. 나보고 빨리 청소를 거들라고 닦달도 했던 것 같다. 죽고 싶은 마음만 가득했던 어느 날 밤, 남편은 나를 기어코 끌고 나가 밤 산책을 했다. 집에서 공원까지 가는 길에는 내가 울었다. 남편은 아이스크림을 먹으며 씩씩하게 걸었다. 공원에서 집까지 돌아오는 길에는 남편이 울었다. 나는 노래를 흥얼거렸다. 우린 시소처럼 움직인다. 아무튼 타이밍 하나는 기가 막히게 못 맞춘다.

남편은 나와 함께하는 것을 좋아하지 않는다. 다른 부부들은 우리와 다르게 무언가를 함께하면서 좋아한다. 같이 등산을 가고, 같이 운동을 하고, 같이 영화를 보러 간다. 남편은 나와 함께 아무것도 하지 않는 것을 좋아한다. 함께 아무것도 하지 않는 무의 상태에서 그저 서로의 존재를 문득문득 느끼는 것을 좋아힌다. 각자의 구석에서 조용히 책을 읽으면서 서로의 존재감을 느낀다. 각자 소파의 양쪽 끝에서 핸드폰을 쳐다보며 서로의 존재감을 느낀다. 각자 갈 길을 가면서 서로의 존재감을 느낀다. 남편은 나와 무언가를 같이 하는 것을 좋아하지 않는다.

남편은 애정 표현을 할 줄 모른다. 10년간 연애하면서 나한테 예쁘다고 말해준 적이 있었는지 가물가물하다. 없는 것 같다. 하여튼 애정 표현에 있어서는 아주 무뚝뚝한 인간이다. 그런 인간이, 항암 때문에 머리가 다 빠지고, 피부는 독성 여드름으로 뒤덮이고, 온몸에 수술 자국이 가득한 나한테 매일 예쁘다고 했다. 말이 안 된다. 그럴 리가 없다. 거짓말을 저렇게 아무렇지도 않게 하다니, 남편은 진실한 애정 표현을 할 줄 아는 사람이 아니다.

남편은 여전히 이것저것 다 서툴다. 피는 한 방울도 못 쳐다보는 사람이다. 간병을 어떻게 해야 하는지는 아예 모르는 사람이다. 그런 사람이 매일매일 내 배에다가 백혈구 촉진제 주사를 놔줘야 했으니, 얼마나 뚝딱거렸을지 안 봐도 선하지 않은가. 베개에 열심히 연습하고 나서야 좀 덜 서툴러졌다. 남편은 한국어도 서툴렀다. 내가 아픈 날이 많아지면서 가끔은 그냥 한국어가 튀어나왔다. "저리 가", "아파", "물". 남편은 한국의 유튜브 콘텐츠를 보면서 한국어를 익혔다. 근데 주로 애완동물 콘텐츠로 공부해서 여전히 자신 있게 할 줄 아는 한국어는 "기다려", "먹어", "산책 갈까" 정도

다. 가끔은 내가 개가 된 것 같다. 아무튼 참 서툰 남자다.

험담을 하고 나니 좀 시원하다. 그의 모든 단점들을 오래
오래 파헤치고 싶다. 언젠가 괴팍한 할아버지 할머니가 되
어 서로에게 구시렁대고 싶다. 우리에게 얼마나 많은 시간
이 함께 남아 있을지 모르겠지만, 그 시간 동안 나는 남편에
대한 험담을 멈출 생각이 없다. 꼬리를 살랑살랑 흔들며 남
편에게 다가간다.

마흔이 될지도 모르겠다

생일 케이크 촛불을 끄며 3초간 눈을 감고 빠르게 소원을 빌었다. 남편이 무슨 소원을 빌었냐고 묻기에 담담하게 대답했다. "마흔에 죽었으면 좋겠다고 빌었어! 얼른 케이크 먹자!" 마흔까지 살아 있을 확률이 15퍼센트 정도 되는 사람의 입장에서는 꽤 뻔뻔한 소원이다. 병에 걸린 후 생긴 버릇인데, 별것 아닌 날짜에 문득 예민해진다. 새로 갱신한 여권의 만기가 2032년으로 찍혀 나오면 그 숫자를 한참 들여다본다. 새로 발급받은 신용카드 유효기간이 2028년으로 찍혀 나오면 또 그 숫자를 보며 생각에 잠긴다. 과연 그때도 살아 있을까? 정말 모르겠다.

항암 의자에 앉아서 '일찍 죽으면 좋은 점'이라는 제목으로 핸드폰에 메모한 적이 있다.

① 노후 준비 안 해도 됨. 늘 막막했던 과제—이제 생각 안 해도 됨

② 늙어서 죽는 것보다는 장례식에 사람들이 꽤 북적북적하지 않을까?

③ 미국 학자금 대출 안 갚아도 될 듯 → 확인 필요

안타깝게도 이 세 가지 이상의 이유를 찾기는 힘들어서 얼마간의 노력 끝에 쓰기를 중단했던 것 같다. 메모는 웃기게도 '그래도 마흔까지 가면 좋겠음'으로 끝난다. 마흔이 되고 싶은 이유는 단순히 몇 년 더 살다가 가고 싶기 때문이 아니다. 마흔이 주는 상징성 때문이다. 한번 생각해보라. 10대의 죽음은 너무나 비통해서 아무런 말도 나오지 않는다. 20대의 죽음도 그저 펴보지 못한 인생에 대한 슬픔과 분노뿐이다. 30대의 죽음도 한창나이에 떠나는 것에 대한 엄청난 충격이 있다. 우리 모두 제목 정도는 아는 『젊은 베르테르의 슬픔』은 굳이 읽어보지도 않아도 슬프다. 죽음을 선택한 베르테르가 젊기 때문이다. 이 책의 재밌는 점은 작가가 베르테르의 나이를 명시하지 않는다는 것인데, 알고 보니 마흔이 훌쩍 넘은 나이였다면 조금 혼란스러울 것 같다.

왠지 40대의 죽음부터는 결이 조금 달라지지 않나라는 생각이 들었다. 젊은이의 죽음만이 슬퍼할 가치가 있고 나이 들면 죽어도 된다는 이야기가 아니다. 살아보지 못한 인생에 대한 비극보다 살아온 인생에 대한 축복이 더 커지는 그 변곡점이 마흔이 아닐까 싶다는 것이다. 시인 천상병처럼 인생을 필연적으로 왔다가 가는 '소풍'으로 느낄 수 있는 그런 나이 말이다. 그렇기 때문에 왠지 주위 사람들도 내가 마흔에 죽는다면 정신을 놓고 슬퍼하기보다 내 인생을 축복해 줄 수 있을 것 같다. 주위 사람들이 조금 덜 슬플 수 있다면, 내 소원은 마흔까지 가서 죽는 것이다. 마흔이라는 나이의 상징성에 대해서 나만 이렇게 느끼는 것 같지는 않다. 서점만 가봐도 마흔 수업, 마흔에 읽는 철학가 시리즈, 마흔의 인간관계 등 마흔은 확실히 중요한 나이인가 보다. 죽음을 본격적으로 느끼고, 인정하고, 죽음을 내가 하는 많은 의사결정들에 녹이는 작업을 시작하는 나이가 마흔인가 보다.

절실하게 마흔이 되고 싶은 나도 한때는 나이 먹는 것이 싫었다. 딱히 젊음이 좋아서라기보다 딱히 나이 들어서 좋은 것이 없다고 생각했기 때문이다. 트렌디한 신상 카페에 가도 등받이 있는 의자가 없기 때문에 오래 앉아 있을 수가 없다. 친구들의 대화에 재개발, 청약, 보험 등의 단어들이 차지하는 비중이 점차 늘어나면서 은행 상담 창구를 방불케 한다. 하이힐은 애초에 신을 수가 없다. 유일하게 색깔별로 옷장에 갖추고 있는 패션은 수면 바지 컬렉션이다. 뷰티 앱 필터도 없이 내 맨얼굴을 SNS에 올리는 사람은 손절해야 할 지경이다. 어린이집도 알아봐야 하고 요양원도 알아봐야 한다. 후배들을 챙겨야 하고 선배들을 만족시켜야 한다. 책임감이라는 그 팽팽하고 거친 끈을 놓을 수가 없다. 삶의 무게가 복리로 차곡차곡 쌓이는 것이 나이 드는 과정이다.

하지만 내게 남은 시간이 남들만큼 많지 않을 수 있다는 사실을 받아들인 이후, 나이가 든다는 것이 다르게 보이기 시작했다. 올해로 97세가 되신 할아버지는 움직이기 싫어하는 93세 할머니를 겨우 끌고 나와 하루에 두 번씩 꼭 함께 산책을 한다. 두 분 모두 보행기에 의존해서 동네 공원을 고작 한 바퀴 도는 데 두 시간은 넘게 걸린다. 앞이 잘 안 보이는 할아버지는 평생 다니던 동네 길도 잘 잃어버린다. 치매를 앓고 있는 할머니는 걷는 도중 할아버지와 함께 걷고 있다는 사실을 종종 잊어버리는 것 같다. 그렇게 헤매다가 서로를 발견하면 투덜거리는데, 그 모습이 참 부럽다. 그 오랜 세월을 함께 공유하고 여기까지 왔다는 사실 자체가 너무 부럽다. 은퇴한 친구들끼리 왁자지껄 여행을 온 60대 아주머니들도 부럽다. 누구네 집 자식이 어떻다는 둥, 그 집은 시어머니가 문제라는 둥, 새로운 목욕탕에 가봤냐는 둥, 오만가지 토픽을 총망라하는 40년은 족히 넘어 보이는 우정이 부럽다. 그들을 뒤따라 산을 오르며 세월은 함께 공유 못하더라도 순간을 함께 공유해본다. 그러다 보면 아주머니들에게 자두나 사과를 얻어먹을 수도 있다.

우리 사회에는 잘 늙어야 한다는 일종의 엄청난 강박 같은 것이 있다. 나이가 드는 것 그 자체만으로도 힘이 드는데, 거기에 추가로 나이를 '잘' 먹어야 한다. 그런 사회적 잣대가 왜 존재하는지는 짐작할 수 있지만, 그 틀에서 잠시 벗어나서 그냥 세월을 부딪혀 살아왔다는 것 자체만으로 주어지는 '참가상' 정도는 서로 줄 수 있지 않나 싶다. 서로 그 정도의 여유는 허용해도 되지 않을까.

이제 불가능할 것 같았던 마흔 번째 생일을 코앞에 앞두고 있다. 정말 이대로 마흔이 될지도 모르겠다. 내가 상상하고 기대했던 마흔의 모습과는 많이 다르다. 몸은 만신창이고, 미래는 그 어느 때보다도 불확실하고, 자비 없는 삶이 나에게 요구하는 책임감은 여전히 끝이 없다. 하지만 나는 마흔을 앞둔 지금의 내 모습이 썩 괜찮아 보인다. 완벽과는 거리가 매우 멀지만, 그런대로 자연스럽고 편안한 모습이라고 생각한다. 20대, 30대에는 늘 무언가를 갖기 위해 끊임없이 노력했다. 그것들을 하나씩 수중에 넣으면서 얻는 즐거움은 엄청난 중독성이 있었다. 하지만 마흔을 바라보는 지금, 나는 하나씩 다시 버리면서 즐거움을 느낀다.

나에게 어울리지 않는 옷은 과감히 버린다. 남들의 시선 때문에 불편하게 입고 있을 필요가 없다. 젊어서는 내가 생각하는 가장 이상적이고 멋진 옷에 나 자신을 꾸겨 맞추는 것이 중요했다. 그 옷은 단순히 돈, 명예, 학벌같이 남들에게 보여지기 위해 필요한 것들뿐만 아니라 '나는 이런 사람이야'라는 관념적인 틀까지 포함한다. 시련 앞에 강한 사람, 기회를 만들어내는 사람, 주위를 살갑게 챙기는 사람 등 나 스스로 원했던 수식어들이 무척 많았다. 남들처럼 정상적으로 늙을 기회가 있었다면 여전히 이런 것들이 중요했을지 모르겠다. 하지만 이제는 나 자신을 누구보다 잘 안다. 아침에는 인생에 대해 통달한 것 같은 글을 쓰다가도 한밤 중에 일어나 앞날이 막막해서 아이처럼 질질 짜다가 잠드는 사람이 나다. 운 좋게 살고 있는 인생 2회차, 한시도 허투루 쓰지 않겠다고 다짐하며 살다가 몸이 조금이라도 아프면 몇 시간 동안 멍하니 짧은 영상들만 보고 있는 사람도 나다. 앞으로 너그러운 마음가짐으로 살아야지 다짐했다가 뜻대로 진행되지 않는 미팅에서 얼굴이 붉으락푸르락하는 사람도 나다. 이제는 흉한 모습들까지 다 나라는 것을 알고 있다. 그리고 그럴수록 남에게 덜 휘둘리고 내가 갈 길을 온전히 갈 수 있다. 가까스로 내 색깔을 찾아갈 수 있는 힘을 비로소 발견한다.

그리고 나는 이제 포기를 할 수 있다. '포기', '한계', '타협' 같은 단어들은 어감이 영 별로긴 하다. 뭐든지 쟁취해도 모자란 사회에 이런 김 빠지는 단어들을 늘어놓다니. 모든 것이 무한하다고 여기는 세계관에서는 이런 단어들은 쓸데없이 기운 빼는 단어들이 맞다. 하지만 모든 것이 유한하다는 것을 깨닫는 순간, 세계관이 완전히 바뀌게 된다. 삶도 유한하고 그 삶을 구성하는 수많은 요소들도 다 유한하다. 시간,

자원, 노동력, 에너지 등 모든 것은 결국 유한하고, 그렇기 때문에 늘 기회비용이 존재한다. 어딘가에 시간을 쏟기로 결정하는 것은 다른 곳에 시간을 낭비하지 않겠다고 결정하는 것과 같다. 선택에는 반드시 대가가 따른다. 그렇기 때문에 내가 무엇을 얻을지보다 무엇을 포기할지 결정하는 것이 중요해진다. 마흔에 가까워져서 주위를 둘러보니, 가장 불행한 사람들은 놀랍게도 아무것도 갖지 않은 사람들이 아니라 그 무엇 하나도 포기하지 못하는 사람들이다. 이 유한한 세계에서 나한테 중요한 몇 안 되는 것들이 무엇인지를 알고, 그 이상은 깔끔하게 덜어내고 더이상 뒤를 돌아보지 않는 용기를 내는 것이 '포기'이다. 그리고 세상의 걱정과는 다르게 빠르게 포기할 수 있는 사람은 다시 빠르게 집중하여 가장 진취적인 사람이 될 수 있다.

이제는 내 인생이 조금 엉뚱하게 흘러가고 있다는 사실에 대해 조금 편안해졌다. 예상치 못한 낭떠러지로 추락하거나, 길을 완전히 잃어버리거나, 오랜 시간 걷고자 계획했던 길들이 사라지는 상황들이 썩 재미있지는 않았다. 그래도 그런 상황이 벌어졌을 때 머쓱 웃고 주위를 탐색해볼 정도의 여유는 생긴 것 같다. 그렇다고 해서 불안감이 없지는 않다. 불안은 늘 달고 산다. 마흔 정도의 엄청난 어른이 되면 불안하지 않을 줄 알았는데, 실상은 애나 어른이나 노인이나 불안하기는 모두 마찬가지다. 암 병동에서 자기 이름이 불리기를 기다리고 있는 모든 사람들이 그렇다. 아직 살날이 너무 많이 남은 아이도 불안하고, 한창 잘나가야 할 나이에 인생이 멈춘 청년도 불안하고, 인생에 미련 없으니 더 오래 살고 싶지 않다고 푸념하는 노인도 속마음은 너무나 불안하다. 나이가 든다고 우리 모두의 불치병인 불안이 없어지지는 않는다. 다만, 그 불안에 어떻게 반응할지 선택할 수 있을 뿐이다.

그리고 내 선택은 호기심을 갖고 세상에 접근하는 것이다. 이야기를 나눠본 적 없는 사람과 말해본 적 없는 이야기를 하고 싶다. 배워본 적 없는 것들을 탐구하고 싶다. 해본 적 없는 경험들을 수집하고 싶다. 어린아이 같은 호기심을 잃지 않고 세상을 풍성하게 경험하고 싶다. 그렇게 불안을 다스리고 싶다. 향후 커리어 계획이 어떻게 되냐는 누군가의 질문에 나는 진심으로 대답했다. 커리어는 모르겠고 푸드트럭을 몰며 우리나라를 횡단하고 싶고, 추리 드라마 작

가도 하고 싶고, 최근에 재미가 붙은 도예로 전시회도 하고
싶다고. 믿지 않는 눈치였다.

　너무 많은 것들을 바라기 전에, 나이에 관한 글을 마친다.
와, 정말 마흔이 될지도 모르겠다.

　(작가는 책이 출간된 2024년 12월에 진짜로 마흔이 되었습니다.)

자랑처럼 풀이 무성할 거외다

그러나 겨울이 지나고 나의 별에도 봄이 오면

무덤 위에 파란 잔디가 피어나듯이

내 이름자 묻힌 언덕 위에도

자랑처럼 풀이 무성할 거외다.

—〈별 헤는 밤〉, 윤동주, 1941. 11. 5.

저녁을 먹으면서 유서를 썼었다. 정확히 언제였는지 기억은 안 나지만 내가 말을 잃었던 시점인 것 같다. 언제부턴가 혀가 거추장스럽게 느껴지기 시작했다. 말을 잃은 사람에게 혀는 그저 공허한 입안에 쓸데없이 자리를 차지하고 있는 존재일 뿐. 걸리적거리는 혀의 질겅스러운 양옆을 실수로 깨무는 일이 잦아졌다. 입안 전체가 곪아갔다. 의사들은 오랜 투병으로 구내염이 생기는 건 당연하다고 했지만 내 해석은 좀 달랐다. 몸이 이 지경이 된 것에 대해 장기들 중 누군가는 책임을 져야 했다. 내 몸은 오장육부보다도 혀에 그 죄를 묻기로 한 모양이었다.

그래서 몇 주째 말을 못하고 있었다. 그것은 내 의지가 아니라 몸이 나에게 주는 일종의 징벌이었다. 장은 항암으로 완전히 초토화된 지 오래고, 자궁과 난소는 방사선으로 말라비틀어졌고, 폐는 암이 막 장악하기 시작했고, 다리의 신경줄들은 벌겋게 녹이 슬기 시작했다. 이제 혀마저 장악당하면서 남은 건 손이었다. 역시나 내 의지와 상관없이 손이 알아서 움직이기 시작했다. 무언가를 쓱쓱 써가길래, 슬쩍 보았더니 유서였다. 별 내용은 없었다. 모아둔 돈을 어떻게 정리할지에 대한 사무적인 내용들이 적혀 있었고, 가까운 사람의 이름이 띄엄띄엄 적혀 있었다. 오른손이 그런 일을 벌이는 동안, 왼손은 숟가락으로 두부를 퍼 먹었다. 이까지 아프기 시작하면서부터 두부가 주식이 되었다. 두부에서 비릿한 피 맛이 났다. 두부는 성의 없는 어금니의 움직임에 터지고 찢기다가 어두운 식도 속으로 후루룩 사라졌다.

거실의 큰 통유리 창문 밖으로 비가 오기 시작했다. 몇 분도 지나지 않아 앞이 보이지 않을 정도의 장대비가 되었다. 사람들이 흩어져서 뛰기 시작했다. 그 사람들을 보면서 문득 생각했다. 왜 아무도 죽음을 생각하며 살아가지 않지. 빗길에 미끄러져서 죽을 수도 있고, 비 때문에 시야가 가려진 차에 치여 죽을 수도 있고, 뛰다가 심장마비로 죽을 수도 있는데. 죽음에 대해 매초 생각하지 않고 살아간다는 것이 얼마나 미친 짓인데. 이 사람들아, 지금 비를 안 맞는 게 중요한 게 아니야, 당신들 모두 언젠가 죽을 거라고! 연약한 두부처럼 그렇게 쉽게 으스러지고, 깊고 어두운 갱도로 흘러 들어가서 녹아 없어지는 존재가 우리라고. 매서운 소나기가 칼날처럼 떨어져서 땅에 박히던 날이었다.

2년 전에 유서를 썼던 그날처럼 소나기가 쏟아지고 있다. 아, 시원하다. 나는 열대우림 한가운데에서 소나기로 샤워 중이다. 내 땀이랑 섞인 빗물이 얼굴을 타고 흘러내려 입으로 비집고 들어온다. 짜고 비릿한 맛이 난다. 눈을 뜨고 있기 힘들 정도로 비가 쏟아지면서 숨 쉴 때마다 빗물이 코로 조금씩 들어온다. 처음 몇 분간은 불편했는데 어느 순간 정글의 터질 것 같은 풀내음이 폐로 시원하게 스며든다. 아가미로 호흡하는 방법을 처음 깨달은 물고기처럼, 깊게 들이마시고 깊게 내뱉는다.

발리에 왔으면 바다를 가야지 왜 등산을 왔는지 모르겠다. 산속 어느 계곡까지 올라가서 피크닉을 즐기고 온다는 이상한 액티비티에 나 말고도 열 명이나 신청했다는 사실이 놀라울 따름이다. 발견된 지 얼마 안 된 계곡이라는 말을 들었을 때 No 했어야 했다. 액티비티 난이도 옆에 '익스트림'이라고 쓰여 있는 것을 보았을 때 No 했어야 했다. 습도가 80이 넘는다는 것을 확인한 순간 No 했어야 했다. 하지만 내 장기들은 여전히 내 말을 듣지 않는다. 눈은 못 본 척을 했고, 입은 Yes를 말했고, 발은 갑자기 걷기 시작했다. 그렇게 우리의 발견을 기다리는 산꼭대기 계곡을 향해 올라온 지 세 시간 정도 되었다. 가이드는 길을 잃었는지 우리만큼이나 어리둥절해 보인다. 가시 같은 것들에 찔려서인지 팔뚝의 피부가 조금 아프다. 그 위를 소나기 물줄기가 덮고 지나가자 쓰라리다. 생명이 넘치는 열대의 정글 속에, 나는 살아 있다.

죽지 않았다, 아직은. 의사들이 말했던 것보다 훨씬 오래 살아 있다. 심지어 꽤 잘 살고 있다. 잘 살고 있다는 기준은 꽤 단순하다. 일단 장기들이 여전히 움직이고 있고 퍼져나가던 암은 현재로선 보이지 않는다. 내가 있어야 할 곳에서, 내가 하고 싶은 일을 하면서, 내가 함께하고 싶은 사람들과 시간을 보내고 있다. 장기들의 움직임 여부는 전혀 내가 선택할 수 없지만 그 외의 모든 것들은 나의 선택이다. 이 말도 안 되는 정글 탐험이 선택인 것처럼. 가이드가 벌목할 때 쓸 것 같은 커다란 칼을 가방에서 꺼내더니 열대의 시퍼런 이파리들을 베면서 길을 만들어간다. 세상에 이게 무슨 일인가. 여기는 도대체 어디인가. 길이 없는 거였나? 여기 와본 적은 있는 건가?

죽음은 정중하게 문을 노크하고 거기 혹시 계시냐며 예의 있게 들어오지 않았다. 벽을 부수고 들어와서 내 멱살을 잡고 언제든 내키면 다시 돌아오겠다고 한참 소리를 질러댄 후에 나갔다. 도저히 없어지지 않는 지독한 냄새를 온 벽에 칠하고 나갔다. 너는 이제 내 거라고 호언장담하고 나갔다. 80퍼센트일 수도 있다던 생존율은 MRI 한 번 찍고 50퍼센트대로 떨어졌고 암이 전이되기 시작하자 20퍼센트대도 어렵게 되었다. 이 추세대로라면 0퍼센트로 수렴하는 것은 시간문제였다.

누구나 언젠가 죽는다지만 나는 내 죽음이 너무 허망했

다. 사회를 위해 정의로운 일을 하다가 죽는 것도 아니고, 누군가를 살리기 위해 죽는 것도 아니고, 무언가에 저항하다가 죽는 것도 아닌, 병마로 인한 그저 그런 죽음. 혹시 내일이라도 지구에 커다란 운석이 날아와서 누군가 그 운석에 가서 폭발 버튼을 눌러 스스로를 희생해야 한다면 기꺼이 자원하겠다고 친구들에게 몇 번씩 이야기했다. 이상하게 죽음 앞에서는 내가 살면서 이룬 많은 것들이 한없이 작게 느껴졌다.

거대한 열대의 이파리들이 눈앞에 가득했다. 괴물 같은 줄기들에 내 몸통만 한 잎들이 솟아나 있다. 초록빛 생명이 들끓고 있는 저 거대한 식물들에 집어삼켜질 것만 같다. 소나기가 그치자 다시 습한 더위가 시작된다. 가이드가 한 시간 정도 더 가면 될 것 같다고 이야기한다. 같은 이야기를 한 시간 전에도 했었다. 이번에는 가방에서 나침판같이 생긴 것을 꺼낸다. 우리 모두의 운명은 저 나침판에 달려 있다. 급경사 오르막이 시작된다. 가이드는 분위기를 조금 띄워보고자 열대우림의 나무들에 대해서 이야기해준다. 영원할 것 같은 정글의 나무들과 풀들도 죽는단다. 이곳에도 엄연히 건기와 우기가 존재하고 그 사이클 속에서 모든 것이 태어나고 죽고 다시 태어난다. 가이드는 땅에 떨어져 있는 바스러진 콩 주머니같이 생긴 것을 주워다 보여준다. 아까 본 커다란 이파리 식물이 남기고 죽는 씨앗이라고 한다. 저 커다란 생명체들도 결국 마지막에는 이렇게 작게 바스러진다.

세상의 유일한 절대적 평등은 죽음이다. 궁극적인 생존율은 0퍼센트이다. 투병하는 동안 많은 죽음을 보면서 나는 죽음을 준비해보기로 했다. 잘 죽기로 결정한 것이다. 하지만 누구도 가르쳐줄 수 없었다. 어떻게 살아야 하는지에 대한 이야기는 과하게 넘쳐나는데 어떻게 죽어야 하는지에 대한 조언은 찾을 수가 없었다. 유경험자에게 조언을 받을 수도 없는 일이고 리허설을 할 수도 없는 일이다. 죽음은 처음이라, 아주 서툴렀다.

2년이 넘는 시간 동안 나는 차곡차곡 죽음을 준비했다. 어차피 죽을 거라 남들에게도, 나 자신에게도 더 이상 이런저런 거짓말을 할 필요가 없어졌다. 좋은 마음을 불쑥 표현하는 것이 덜 쑥스러워졌고, 서로 아프더라도 진실한 말만을 전달하는 것에 익숙해졌다. 어차피 죽을 거면 하고 싶은 일을 모두 다 하고 죽고 싶어서, 너무 깊이 생각하지 않고 뭐든 해본다. 고민하고 분석하고 걱정할 시간에, 무조건 지르고 본다. 지금 내 눈앞에 있는 사람을 소중하게 여겨야 한다. 지금 내 앞에 닥친 과제를 충실하게 해결해야 한다. 지금 내가 있는 곳을 조금 더 나은 곳으로 만들기 위해 노력해야 한다. 어차피 죽을 거라 잃을 것이 하나도 없다. 뭐, 죽기밖에 더 하겠는가. 내 몸을 무겁게 짓누르던 평생의 군더더기들이 사라지고 알맹이만 남았다. 그렇게 가장 중요한 것들만 내 곁에 남았다. 그제서야 깨달았다. 나는 마지막으로 죽음을 준비하고 있는 것이 아니라 처음으로 살고 있는 거라고.

정말로 죽을 것 같은 순간이 왔다. 도저히 더는 못 가겠다. 땡볕 밑에서 엄청난 경사의 산기슭을 오른 지 한 시간 정도 됐나 보다. 폐가 터질 것만 같다. 암으로 죽을 거라고 호언장담했는데 열대에서 산을 오르다 죽으면 얼마나 우스꽝스러운 꼴일지 상상도 하기 싫다. 그 순간, 나무들 사이에서 반짝이고 일렁이는 무언가가 보인다. 물이 보인다. 우리 그룹은 단체로 홀린 것처럼 그곳으로 뛰어간다. 물이 높은 곳에서 낮은 곳으로 떨어지는 소리가 점점 커진다. 밀림 속에 커다란 계곡이 펼쳐진다. 드디어 도착한 것이다. 작은 폭포도 있고 여럿이 수영을 할 수 있을 정도의 큰 웅덩이도 있다. 일행 중 호주 커플 두 사람이 겉옷을 홀러덩 벗고 웅덩이로 뛰어든다. 어느 순간 너 나 할 것 없이 물로 뛰어들기 시작한다. 어린애들이 내는 것 같은 태초의 웃음소리가 밀림을 에워싼다. 어차피 정글에 잡아먹힐 운명이면 내 발로 기꺼이 먹히겠다. 풍덩!

시원한 물속에 온몸이 잠기면서 정신이 번쩍 든다. 갑자기 모든 것이 명료해졌다. 죽음에 대한 공포보다는 삶에 대한 호기심을. 죽음에 대한 저항보다는 삶의 의미를. 죽음에 대한 분노보다는 삶을 향한 에너지를. 죽음을 인정하는 순간 진짜 삶이 시작된다는 것이 내가 겪은 인생의 가장 큰 아이러니였다. 결국 유서를 쓴 이후의 모든 날들이 보너스이자 선물이었다. 그리고 잘 사는 것과 잘 죽는 것은 결국 일맥상통하는 같은 이야기였다.

우리는 물 밖으로 나와 햇빛 아래에서 몸을 말렸다. 병에 담아 온 시원한 레모네이드를 한 잔씩 마셨고 가져온 간식들도 나눠 먹었다. 제법 멋진 밀림 속의 피크닉이었다. 별생각

없이 시작했고, 왜 시작했는지 후회스러운 순간도 많았지만, 이렇게 와보니 어쨌거나 즐거운 소풍이었다. 분명 너무 힘들었는데, 이상하게 시작할 때보다 몸이 더 가벼워진 느낌이었다. 내려갈 일이 남아 있지만, 일행 모두 웃고 있었다.

소풍의 끝에서 이렇게 외치고 싶다.

"재밌었고, 기회를 주셔서 감사했고, 자알 놀다 갑니다!"

무성한 풀밭으로 다시 성큼 걸어 들어갔다.

작가의 말

다 괜찮을 거라는 순진한 이야기를 하고 싶지 않습니다. 다 잘될 거라는 무책임한 구호를 외치고 싶지도 않습니다. 세상의 모든 시련은 의지로 싸울 수 있다는 말을 입 밖으로 함부로 내뱉기 싫습니다.

이 이야기는 역경을 극복한 이야기가 아닙니다. 어떤 역경은 너무 뜨겁고 단단해서 세상에 대해 알고 있던 모든 것들이 재가 돼버리고 맙니다. 어떤 역경은 문신처럼 내 몸에 새카맣게 새겨져 평생을 따라다닙니다. 어떤 역경은 필연적이라 모두가 아는 결말로 치닫습니다. 그런 역경을 인생에서 없애버리는 방법을, 저는 잘 모르겠습니다.

그 대신, 극복하지 못하더라도 선택은 할 수 있다는 이야기를 하고 싶습니다. 결말이 정해져 있더라도 그 결말까지

가는 길은 무한하고 흥미롭다는 이야기를 하고 싶습니다. 플랜 A가 대차게 망해버렸어도 우리에게는 플랜 B가 있다는 이야기를 하고 싶습니다. 돌아갈 수 없으면 앞으로 나가면 된다는 이야기를 하고 싶습니다.

이 책의 주요 서사가 되는 시간의 절반을 죽음을 기다리며 병상에서 보냈습니다. 그럼에도 불구하고 세계 곳곳을 다닐 때보다도 세상에 대해 훨씬 많은 것들을 이해하게 되었습니다.

나머지 절반은 일상에서 보냈습니다. 남들처럼 직장도 다니고, 친구들과 수다도 떨고, 별것도 아닌 일들에 투덜대고. 하지만 여전히 3주에 한 번씩 면역 항암제 치료를 받고, 3개월에 한 번씩 재발 검진을 받아야 하는 사람의 평범한 일상은 비범한 확률로 지탱됩니다.

보이지 않던 것들이 보이기 시작했습니다. 할 줄 몰랐던 이야기들이 하고 싶어졌습니다. 길이 조금 험해졌어도 완주는 해보고 싶어졌습니다.

그렇게 다시 삶을 선택했습니다.

2024년 11월

최지은

그렇게 나는 다시 삶을 선택했다

1판 1쇄 인쇄 2024년 12월 3일
1판 1쇄 발행 2024년 12월 13일

지은이 최지은
펴낸이 정유선

편집 손미선
디자인 송윤형
마케팅 정유선
제작 제이오

펴낸곳 유선사
등록 제2022-000031호

ISBN 979-11-990135-2-0 (03810)

문의 yuseonsa_01@naver.com
instagram.com/yuseon_sa

작가의 인세는 소아암 관련 재단과 병원에 기부될 예정입니다.